ANTÍGONA

COLEÇÃO CLÁSSICOS COMENTADOS
Dirigida por João Angelo Oliva Neto
José de Paula Ramos Jr.

Æ
Ateliê Editorial

Editor
Plinio Martins Filho

MNEMA

Editor
Marcelo Azevedo

PLANO DESTA OBRA
I. *Ájax*
II. *As Traquínias*
III. *Antígona*
IV. *Édipo Rei*
V. *Electra*
VI. *Filoctetes*
VII. *Édipo em Colono*

CONSELHO EDITORIAL

Beatriz Mugayar Kühl – Gustavo Piqueira
João Ângelo Oliva Neto – José de Paula Ramos Jr.
Leopoldo Bernucci – Lincoln Secco – Luís Bueno
Luiz Tatit – Marcelino Freire – Marco Lucchesi
Marcus Vinicius Mazzari – Marisa Midori Deaecto
Miguel Sanches Neto – Paulo Franchetti – Solange Fiúza
Vagner Camilo – Wander Melo Miranda

Sófocles

ANTÍGONA

Tragédias Completas

Tradução
Jaa Torrano

Estudos
Beatriz de Paoli
Jaa Torrano

Edição Bilíngue

Copyright © 2022 Jaa Torrano

Direitos reservados e protegidos pela Lei 9.610 de 19.02.1998.
É proibida a reprodução total ou parcial sem autorização,
por escrito, das editoras.

Dados Internacionais de Catalogação na Publicação (CIP)
(Câmara Brasileira do Livro, SP, Brasil)

Sófocles
  Antígona: Tragédias Completas / Sófocles; tradução Jaa Torrano; estudos Beatriz de Paoli, Jaa Torrano. – Cotia, SP: Ateliê Editorial; Araçoiaba da Serra, SP: Editora Mnēma, 2022. – (Coleção Clássicos Comentados /dirigida por João Angelo Oliva Neto, José de Paula Ramos Jr.)

  Edição Bilíngue: Português/Grego.

  ISBN 978-65-5580-085-2 (Ateliê Editorial)
  ISBN 978-65-85066-02-0 (Editora Mnēma)

  1. Teatro grego (Tragédia) I. Paoli, estudos Beatriz de. II. Torrano, Jaa. III. Oliva Neto, João Angelo IV. Ramos Jr., José de Paula. V. Título VI. Série.

22-128229   CDD-882

Índices para catálogo sistemático:

1. Teatro: Literatura grega antiga   882

Cibele Maria Dias – Bibliotecária – CRB-8/9427

Direitos reservados a

ATELIÊ EDITORIAL
Estrada da Aldeia de Carapicuíba, 897
06709-300 – Cotia – SP – Brasil
Tel.: (11) 4702-5915
www.atelie.com.br
contato@atelie.com.br
facebook.com/atelieeditorial
blog.atelie.com.br

EDITORA MNĒMA
Alameda Antares, 45
Condomínio Lago Azul
18190-000 – Araçoiaba da Serra – SP
Tel.: (15) 3297-7249 | 99773-0927
www.editoramnema.com.br

Printed in Brazil 2022
Foi feito o depósito legal

Agradecimentos

*Ao CNPq
pela bolsa Pq
cujo projeto incluía
este estudo e tradução.*

Sumário

Antígona de Sófocles, Guilherme e os Epígonos – *Jaa Torrano* 11
Antígona entre Amor e Erronia – *Jaa Torrano* 19
Creonte e Tirésias – *Beatriz de Paoli* 37

ΑΝΤΙΓΟΝΗ / **ANTÍGONA**

Personagens do Drama 47
Prólogo (1-99) 49
Párodo (100-161) 59
Primeiro Episódio (162-331) 65
Primeiro Estásimo (332-375) 79
Segundo Episódio (376-581) 83
Segundo Estásimo (582-625) 105
Terceiro Episódio (626-780) 109
Terceiro Estásimo (781-800) 125
Quarto Episódio: Kommós (801-943) 127
Quarto Episódio: Parte Final (883-943) 133
Quarto Estásimo (944-987) 139
Quinto Episódio (988-1114) 143

Quinto Estásimo (1115-1154) 155
Sexto Episódio (1155-1256) 159
Kommós e Êxodo (1257-1353) 167

GLOSSÁRIO MITOLÓGICO DE *ANTÍGONA*: ANTROPÔNIMOS, TEÔNIMOS
    E TOPÔNIMOS – *Beatriz de Paoli e Jaa Torrano* 175
REFERÊNCIAS BIBLIOGRÁFICAS................................. 181

Antígona de Sófocles, Guilherme e os Epígonos

Jaa Torrano

EM 1952, GUILHERME DE ALMEIDA publicou – numa cuidadosa edição bilíngue grego-português – a sua tradução da tragédia *Antígona* de Sófocles, que em agosto daquele ano fora representada no Teatro Brasileiro de Comédia, em São Paulo, sob a direção de Adolfo Celi, com as máscaras de Darcy Penteado, e com Paulo Autran, Cacilda Becker e Ziembinski respectivamente nos papéis de Creonte, Antígona e Tirésias, entre outros atores renomados.

A tradução de *Antígona* de Sófocles por Guilherme de Almeida, a meu ver, permanece uma referência inesquecível ainda hoje, quando depois dela já se publicaram pelo menos cinco traduções de *Antígona* em português. Dado o que há de inesquecível nesta "transcrição" (como G. de A. preferiu denominar a sua tradução), três questões intervêm: 1. Em que sentido se poderia considerar a tradução de G. de A. superada pelas posteriores? 2. Em que sentido se poderia considerá-la insuperável, ou, pelo menos, não superada pelas posteriores? 3. O que de novo uma nova tradução da *Antígona* de Sófocles deveria apresentar para justificar-se e justificar seu acréscimo ao espólio das já existentes?

Primeiro, mediante sinopse, resumo e citações, distingamos quais virtudes – a meu ver – caracterizam e tornam inesquecível a "transcrição", e depois vejamos quais as características próprias das traduções dos posteriores (ou, ditos mais poeticamente, dos epígonos): 1. Maria Helena da Rocha Pereira, 1987 (2ª ed.), 2. Mário da Gama Kury, 1989, 3. Donaldo Schüler, 1999, 4. Lawrence Flores Pereira, 2006, 5. Trajano Vieira, 2009.

Guilherme de Almeida não a nomeou meramente "tradução", mas "transcrição" e tanto na primeira edição quanto na de 1968 pela Editora Vozes ainda era antecedida por esta explicação: "Transcrição (Música) – Ato de escrever para um instrumento texto originariamente escrito para outro". Considerado pelos seus contemporâneos, mediante sufrágio promovido por jornal da época, "o Príncipe dos Poetas Brasileiros", o Poeta certamente sabia como tratar o seu público e comunicar-lhe a consciência do valor de seu trabalho. Etiquetar "transcrição" a sua tradução sem dúvida atende às exigências dessa comunicação com o seu público, que em sua época no Brasil era universal, unânime e entusiástico. A meu ver, essa etiqueta de "transcrição", mais do que implica, ressalta duas características que considero decisivas desta tradução: 1. o respeito pela integridade do verso e 2. o respeito pela comunicabilidade imediata do verso.

O verso, como unidade básica da composição poética, organiza tanto o recorte da realidade quanto a dinâmica do pensamento, e constitui assim um instrumento de análise da realidade e, ao mesmo tempo, de organização do pensamento. Portanto, considerado em sua integridade, o verso seria uma forma simultaneamente sensível e inteligível, se pudéssemos nos situar nesse momento histórico em que a tragédia ainda cumpria sua função originária de arte política, anterior à cisão histórica entre o que se tornou, por um lado, poesia e o que se tornou, por outro lado, filosofia.

Dada a complexidade e a variedade da métrica e do ritmo da língua grega antiga, a transposição é sempre analógica e aproximativa, assim como também o é a recriação em português da unidade morfossintática do verso grego.

A transposição opera uma equivalência sintagma a sintagma, de modo a obter, dentro dos limites de cada verso, um equivalente em português para cada função sintática do grego. Essa equivalência sintagmática traz consigo uma equivalência morfossemântica entre o verso grego e o português. Assim se preserva em português o recorte da realidade operado pelo verso grego, bem como a dinâmica do pensamento, que percorre esses recortes e assim encontra a forma dianoética que o configura.

Temo que esta sinopse seja antes o produto do entusiasmo e da idealização que nos anos 1970 a descoberta da "transcrição" me inspirou, muito mais do que o produto de uma análise rigorosa dessa "transcrição". Em todo caso, esta sinopse bem descreve o paradigma e o ideal que a "transcrição" representou e representa para mim desde que a descobri nos anos de minha formação.

Todavia, se ainda nos fosse possível situar-nos entre o inesquecível entusiasmo deslumbrado e a necessária análise reflexiva, para nos valer e beneficiar de um e outra, vejamos o que há dessa sinopse acima nos dez versos da fala inicial de Antígona transcritos por Guilherme de Almeida e, a seguir, o correspondente nas traduções posteriores.

> Ó meu próprio sangue, Ismene, irmã querida,
> que outros males Zeus, da herança infanda de Édipo,
> há de nos mandar enquanto formos vivas?
> Não existe dor, maldição, ignomínia,
> 5 ou desonra, que eu não tenha visto ainda
> figurar no rol dos teus e dos meus males.
> E esse novo edito agora proclamado
> pelo chefe contra esta cidade inteira?
> Não ouviste nada? ou ignoras que bem pode
> 10 a amigos ferir o malfeito a inimigos?

Quanto ao respeito pela integridade do verso, constata-se nessa citação que há dez versos na transcrição como no original, preservando-se o sentido geral de cada verso, mas não há rigorosamente um equivalente em português para cada função sintática do grego. No jogo de perda e ganho da equivalência, poderíamos dizer que a tradução em prosa de Maria Helena da Rocha Pereira apresenta um índice maior de ganhos que a transcrição quando se trata da transposição de funções sintáticas gregas nas equivalentes em português, apesar da diluição dos versos em tão pedestre prosa:

> Ismena, minha irmã, minha querida irmã, porventura conheces na linhagem de Édipo algum mal que Zeus ainda não fizesse cair sobre nós duas, sobre nossas vidas? Não há dor, não há desgraça, não há vergonha, não há desonra que eu não tenha visto no número das minhas e tuas penas. E agora, que nova é essa que toda a cidade afirma, desse édito que o general acaba de promulgar? Tu sabes? Tu já ouviste? Ou acaso ignoras que a maldade dos nossos inimigos avança sobre aqueles que nos são caros?

No primeiro verso grego: *ō koinòn autádelphon Isménes kára*, a transcrição condensa a noção de "comunidade" de *ō koinòn* e as noções de ipseidade e de fraternidade de *autádelphon* em "ó meu próprio sangue [...] irmã"; a solene metonímia poética de *Isménes kára*, literalmente "cabeça de Ismena", na transcrição se torna "querida irmã". Não é difícil reconhecer que a transcrição "ó meu próprio sangue, Ismene, irmã querida" está mais próxima da concisão e da solenidade do grego que a diluição pleonástica e pedestre de "Ismena, minha irmã, minha querida irmã".

A propósito desse primeiro verso, não me parece que os demais epígonos foram tão infelizes quanto a mestra lusíada, mas ainda assim não conseguiram nada melhor do que a "transcrição" já tinha feito.

Mário da Gama Kury: "minha querida Ismene, irmã do mesmo sangue" é repetitivo e incorre no clichê do "sangue" por *autádelphon*.

Donaldo Schüler: "comum no sangue, querida irmã, caríssima Ismene" preserva a noção de "comum", *koinòn*, preserva ainda certa solenidade com "caríssima", mas o conjunto do verso é demasiado explicativo e redundante, e não escapa ao clichê do "sangue" por *autádelphon*.

Lawrence Flores Pereira: "Ismena, minha irmã, filha da mesma estirpe" troca o clichê do "sangue" por "filha da mesma estirpe", que soa como redundância de "minha irmã" aposto de "Ismena".

Trajano Vieira: "Homossanguínea irmã, querida Ismene" recupera a concisão, mas não escapa do clichê do "sangue" e troca o tom solene pela esquisitice de "homossanguínea".

A diversidade irredutível não se dá apenas entre os sistemas fonológicos e, por conseguinte, métricos e rítmicos do grego antigo e do português hodierno, mas também se dá no plano do vocabulário e das noções próprias a uma e a outra cultura, a uma e outra visão de mundo. Por exemplo, pertencente ao repertório tradicional das noções comuns do pensamento mítico e da tragédia grega, a palavra *áte* é uma das chaves para a compreensão desta tragédia de Sófocles, onde ela se repete dez vezes, dada a sua relevância como referência do pensamento mítico grego e da visão trágica do mundo.

Como Guilherme a traduz? Observando o princípio do respeito pela comunicabilidade imediata do verso, a noção de *áte* se dispersa conforme se dá a sua acepção no sentido mais corriqueiro de cada ocorrência, a saber: no verso 5 se traduz por "maldição", no 185 por "desventura", no 533 por "fúrias", no 584 por "misérias", no 614 por "sofrimento", nos versos 624 e 625 por "ruína", no 862 por "cego" (adjetivo), no 1097 por "desgraça" e no 1259 por "delito".

Esta solução múltipla e dispersiva atende tão perfeitamente à finalidade de comunicação do palco, que o problema da tradução da palavra *áte*, se não se resolve, pelo menos se vela e assim permanece encoberto.

Diante de Tebas, como os epígonos enfrentaram a *áte* tebana? Aparentemente, com a mesma estratégia do transcritor, isto é, enfrentando e resolvendo o problema da tradução de *áte* caso a caso. Seguindo a ordem sequencial das dez ocorrências da palavra, estas foram as soluções de cada um para cada caso:

Maria Helena da Rocha Pereira: *1.* "desgraça"; *2.* "ruína"; *3.* "maldições"; *4.* "mal"; *5.* "desgraça"; *6.* "ruína"; *7.* "desgraça"; *8.* "maldições"; *9.* "Desgraça"; *10.* "erro".

Mário da Gama Kury: *1.* "maldição"; *2.* "ruína"; *3.* "pestes"; *4.* "infortúnios"; *5.* "desgraças"; *6.* "desgraçar"; *7.* "desdita"; *8.* "horrores"; *9.* "arruíne"; *10.* "insânia".

Donaldo Schüler: *1.* "infortúnio"; *2.* "ruína"; *3.* "calamidades"; *4.* "infortúnios"; *5.* "infortúnios"; *6.* "desvario"; *7.* "desacerto"; *8.* "maldito"; *9.* "desventura"; *10.* "loucura".

Lawrence Flores Pereira: *1.* "maldição"; *2.* "ruínas"; *3.* "pestes", "ruínas"; *4.* "loucura"; *5.* "insânia e praga"; *6.* "desvario"; *7.* "desvarios"; *8.* "delírios"; *9.* "desastre"; *10.* "erro".

Trajano Vieira: *1.* "despudor"; *2.* "*Ate*, a Ruína"; *3.* "usurpa-trono"; *4.* "ruína"; *5.* "dose de revés"; *6.* "ruína"; *7.* "mínimo o tempo extrarruína"; *8.* "desastroso"; *9.* "*Ate*, a Atrocidade"; *10.* "ruína".

Diante de tanta variação e diversidade na tradução dessa palavra, sendo cada ocorrência tratada como se fosse sem vinculação com as demais, paira a dúvida se essas traduções levam em conta o caráter numinoso dessa noção mítica ou, dito de outro modo, se essas traduções se dão conta da importância dessa noção mítica para a compreensão desta tragédia de Sófocles. Certamente essas traduções leem essa tragédia de Sófocles de outros pontos de vista, que não o da lógica interna do pensamento mítico e da visão de mundo trágica grega.

Súbito descobrimos a resposta à terceira das três questões que inicialmente intervieram: O que de novo uma nova tradução da *Antígona* de Sófocles deveria apresentar para justificar-se e justificar seu acréscimo ao espólio das já existentes? Resposta: certamente deveria apresentar uma leitura dessa tragédia que se desse conta e levasse em conta o ponto de vista da lógica interna do pensamento mítico e da visão de mundo trágica grega.

Diante disso, parece-me ocioso responder às duas primeiras questões: *1.* Em que sentido se poderia considerar a tradução de G. de A. superada pelas posteriores? *2.* Em que sentido se poderia considerá-la insuperável, ou, pelo menos, não superada pelas posteriores? – Ocioso respondê-las, porque evidentemente cada tradução se justifica pelo ponto de vista nela adotado, ou melhor, pela interpretação que faz da obra a ser traduzida – e como, a meu ver, traduzir é interpretar, toda tradução – bem ou mal – se justifica por si mesma.

REFERÊNCIAS BIBLIOGRÁFICAS

ALMEIDA, Guilherme de. *A Antígone de Sófocles* na transcrição de Guilherme de Almeida. São Paulo, Edições Alarico, 1952. / Petrópolis, Editora Vozes, 1968 (2ª ed.).

SÓFOCLES. *Antígona*. Introdução, Versão do grego e Notas de Maria Helena da Rocha Pereira. Coimbra, Instituto Nacional de Investigação Científica, 1987 (2ª ed.).

SÓFOCLES. *A Trilogia Tebana. Édipo Rei. Édipo em Colono. Antígona*. Tradução do grego, Introdução e Notas de Mário da Gama Kury. Rio de Janeiro, Jorge Zahar Editor, 1988 (8ª ed.).

SÓFOCLES. *Antígona*. Traduzido do grego por Donaldo Schüler. Porto Alegre, L&PM Editores, 1999.

SÓFOCLES. *Antígona*. Tradução Lawrence Flores Pereira. Introdução e Notas Kathrin Holzemayr Rosenfield. Rio de Janeiro, Topbooks Editora, 2006.

VIEIRA, Trajano. *Antígone de Sófocles*. Tradução e Introdução. São Paulo, Editora Perspectiva, 2009.

Antígona entre Amor e Erronia

Jaa Torrano

Há duas noções próprias do pensamento mítico grego que são estruturais na tragédia *Antígona* de Sófocles: a de participação, que integra a realidade dos mortais à dos Deuses, entendidos como aspectos fundamentais do mundo, e a de Justiça, que se manifesta no curso dos acontecimentos, entendida em correlação com a de *Moîra*, "Parte", no sentido da participação de cada um dos mortais em ser e em haver de modo a ser o que for e a haver o que houver.

Na perspectiva do pensamento mítico grego, o homem não se entende como uma pessoa autônoma, mas sempre se vê integrado em sua relação com algum Deus em cujo âmbito se encontra e em cuja interlocução e interação se completa. Assim, o que sucede ao homem depende tanto de sua decisão quanto da determinação do Deus que preside seu destino. Por outro lado, a Justiça se manifesta no curso dos acontecimentos como a realização dos desígnios de Zeus, consubstanciada assim no que cabe a cada um dos mortais como o quinhão de sua participação em ser, em ter e na ordem do mundo. Dada a concomitância e convergência de causas múltiplas e diversas, a espontaneidade e liberdade do homem coincidem tanto com as determinações dos Deuses quanto com os desígnios de Zeus.

Como uma das últimas grandes florações artísticas do pensamento mítico grego, é nessa perspectiva que a tragédia configura toda a realidade dos mortais e se deixa compreender. Retomemos, então, a tragédia *Antígona* de Sófocles como exemplo dessa concepção mítica da realidade humana e de sua integração nos Deuses entendidos como aspectos fundamentais do mundo.

No prólogo, diante do palácio real, antes da aurora, duas irmãs se reúnem a sós.

Antígona, em tom formal e solene, começa por evocar a comunidade parental (*Ô koinòn autádelphon, Ant.* 1) e por se dirigir à irmã com a requintada perífrase "cabeça de Ismena" (*Isménes kára, Ant.* 1), o que por si só anuncia a solenidade e gravidade do que tem a dizer. Antígona resume os males herdados de seu pai Édipo ("aflição", "erronia", "ignomínia" e "desonra", *Ant.* 4s.) e indaga se a irmã tem conhecimento da proclamação feita pelo estratego, o rei Creonte, ou se ela ignora que os males dos inimigos alcançam também os amigos.

Entre os males herdados, é mencionada a "erronia" (*átes, Ant.* 4). *Áte*, "erronia", é algo – ambíguo entre a justiça penal divina e a imprevidência humana – que induz os mortais a agir em detrimento de seus próprios interesses, de modo a se arruinar. Com rica amplitude, a palavra *áte* designa ora a ação ruinosa em si mesma, ora a sua causa ambígua entre divina e humana, ora as suas consequências humanas. Por amor da acribia, decidimos traduzir *áte* invariavelmente por "erronia", contando com a metonímia para que esta palavra "erronia" designe 1. a causa, 2. a condição e 3. as consequências de "erronia".

Outra (e diversa) ambiguidade é a do par de antônimos *phílos* ("amigo") e *ekhthrós* ("inimigo"). Quando Antígona diz que "os males dos inimigos alcançam os amigos" (*Ant.* 10), dois sentidos distintos de *phílos* (e, por analogia devida à antonímia, os dois sentidos distintos de *ekhthrós*) estão ainda indistintos. Nos poemas homéricos, *phílos* designa a relação em que se encontram os que pertencem a uma mesma família e por vezes tem o valor de um pronome possessivo. Na época clássica, além do eco desse sentido homérico, *phílos* significa "amigo" por afinidade eletiva no âmbito privado ou no plano político. Por analogia, *ekhthrós* significa "inimigo", tanto no âmbito privado e particular das afinidades eletivas, quanto no plano político e institucional das adesões coercivas. Assim, na voz de Antígona, a palavra "inimigos" pode significar tanto os invasores argivos mortos e condenados à privação de funerais, quanto seu tio rei Creonte, por interdizer os funerais devidos ao irmão de Antígona; e, por outro lado, "amigos" pode referir-se tanto ao irmão privado de funerais (com o plural pelo singular) quanto aos demais membros da família, privados de honrar com funerais o seu morto.

Ismena responde nada saber bom ou mau, situando o momento do drama no dia seguinte à morte mútua dos irmãos inimigos e à consequente retirada dos invasores argivos de Tebas. Antígona revela que ao assumir o trono Creonte honra com funerais um dos irmãos, Etéocles, e os proíbe ao outro, Polinices, prescrevendo pena de morte por apedrejamento a quem desobedecer. Diante disso, Antígona entende que se impõe ou o que para ela é o dever familiar, ou o que para ela é o opróbrio, e espera que a irmã compartilhe de seu sentimento e coopere com o seu propósito.

Entretanto, o sentimento de Ismena diante disso é de impotência e cautela. Depois dos males horrendos da família, a automutilação do pai, o suicídio da mãe e a morte mútua dos irmãos, Ismena pondera que em confronto com o poder instituído na pólis ambas as irmãs sobreviventes teriam a pior morte por impotência de agir e por ineficácia da ação. Enquanto Ismena mantém uma atitude cautelosa, Antígona insurge a favor do irmão contra a ordem do novo rei. Antígona decide cumprir o que considera seu dever com o irmão morto e demais familiares mortos, e considera traição e impiedade a recusa de Ismena a compartilhar de sua decisão, incluindo a irmã no número de seus "inimigos", como se tomada da inimizade que atingiu os irmãos inimigos. Nesse código aristocrático parece não haver lugar intermediário entre amigos e inimigos.

No párodo, o coro, composto de anciãos tebanos, atendendo à convocação do recém-entronado rei Creonte comparece ante o palácio real e, na primeira estrofe, saúdam a belíssima luz do dia que pôs em fuga o invasor argivo; e explica o ataque dos invasores pela "ambígua rixa de Polinices" (*Ant.* 110), descrevendo-o como um ataque de águia, comparando asas com armas e elmos. Áulicos, frequentadores do palácio real desde o reinado de Laio, os anciãos assim se predispõem a aceitar a opinião e decisão do novo rei Creonte ao proibir os funerais de Polinices.

Na primeira antístrofe, comparando as lanças erguidas contra as sete portas de Tebas a um bico de águia, anunciam que o exército-águia partiu, abandonando o combate com a serpente tebana, antes de se saciar do sangue dos tebanos, antes de Hefesto com tochas de pinho atear fogo nas torres da cidade. Explicam a derrota dos invasores pela justiça de Zeus que pune os soberbos em palavras e atos. Explicação similar à que se lê em Ésquilo e Heródoto para a derrota dos persas em Salamina em 480 a.C. (cf. Ésquilo, *Persas*, 345-7, 725-51, e Heródoto, VIII, 109,3).

Na segunda estrofe, os anciãos sem o nomear evocam a morte de Capaneu, paradigma de soberbia punida pelo raio de Zeus (cf. Ésquilo, *Sete*, 422); e considerando as circunstâncias da morte, evocam Ares, como dispersor dos invasores. Ares é o Deus que se manifesta na carnificina; a morte dos sete chefes invasores pôs suas tropas em fuga. A concomitância da agência de Ares com a agência de Zeus é descrita com a imagem do *dexióseiros* ("atrelado à direita", *Ant.* 140), que se diz do terceiro cavalo auxiliar atrelado à direita da parelha sob o jugo. Os anciãos descrevem as armas despojadas dos sete chefes mortos como um tributo (involuntário) a Zeus Troféu, e contrastam a derrota dos adversários com as mortes recíprocas dos dois irmãos inimigos, descrevendo estas como duas vitórias (*dikrateîs*, "de duas vitórias", *Ant.* 146).

Na segunda antístrofe, os anciãos retomam a celebração da recente vitória como manifestação da Deusa Vitória (*Níke, Ant.* 148), pedem o esquecimento dos combates pretéritos e invocam o Deus nascido em Tebas Dioniso com o nome de "Báquio" (*Bákkhios, Ant.* 154) como guia regente dos coros em ação de graças. Por fim, anunciam a entrada do rei Creonte e se perguntam o que o teria feito convocá-los.

No primeiro episódio, na primeira cena, o rei Creonte ao tomar a palavra primeiro reconhece a segurança restituída pelos Deuses à pólis após a tormenta que sacudiu a nave-estado, e então se dirige ao coro de anciãos conselheiros que escolheu e convocou por sua lealdade aos reis de Tebas desde Laio até os filhos de Édipo. Justificado pela proximidade familiar o seu direito ao trono de Tebas depois de mortos os filhos de Édipo, o rei Creonte declara que somente quando o varão exerce o poder é possível conhecer o seu caráter, e apresenta os principais critérios para se avaliar o governo: *1*. não temer pôr o seu plano em execução, *2*. nem privilegiar "o amigo" em detrimento da pátria. Invoca Zeus como testemunha de suas promessas comprometidas com esses princípios, explicando assim os princípios com os quais entende que deve governar. Proclama, então, o primeiro édito do novo governo: a interdição de funerais aos inimigos mortos, incluso entre os inimigos o irmão inimigo.

No entanto, no discurso do novo rei, ressoa a ironia numinosa entre os princípios anunciados e sua aplicação no édito, ao se mostrar claro que o novo rei tomou o partido e a perspectiva do rei anterior, que já exercia o poder por violação de juramento e por usurpação de direito.

Assim sendo, o rei crê que preencheria plenamente ambos os seus requisitos da boa governança ao promulgar o édito proibindo honras fúnebres a Polinices como inimigo da pátria, ao mostrar tanto que não teme promulgar o édito quanto que não privilegia o sobrinho flagrado em crime de lesa-pátria. A ironia numinosa ressoa quando o novo rei se mostra alinhado com o anterior usurpador do trono, e reverbera quando o rei enuncia como oximoro a condição para pôr em execução o seu propósito de governo: "se visse... erronia" (*tèn áten horôn*, Ant. 185). Como demasiado tarde Tirésias o advertiria, a erronia está manifesta no édito, cujo sentido e consequências o rei ainda não pôde e ainda não pode ver.

O coro aceita o édito como algo devido ao poder do rei, mas abstém-se de aprová-lo e de se comprometer com a vigilância de que seja observado.

Na segunda cena do primeiro episódio, um dos homens incumbidos da guarda do cadáver de Polinices entra hesitante e apavorado com o seu dever de comunicar ao rei que o morto foi simbolicamente inumado sem que se soubesse quem violou o édito real com a execução do rito funerário.

O coro então sugere ao rei que, não se tendo visto nem se tendo sabido quem era o autor, o cumprimento do rito talvez fosse uma intervenção divina. Creonte rejeita com ríspida impaciência a sugestão do coro e refuta-a com o argumento de que os Deuses não honram os maus, e explica a violação do édito pela ganância e pela sedução do suborno. Confunde os Deuses com os interesses de seu exercício do poder e mostra-se incapaz de compreender outra motivação que as de ganância e suborno. Voltando-se ao mensageiro, Creonte ameaça puni-lo por suborno e intima-o a descobrir e apresentar-lhe o autor da violação. Quando o rei se retira, o mensageiro a sós com o coro se regozija com o alívio de se ver livre de sua presença intimidatória.

No primeiro estásimo, sem se perguntar quem teria ousado transgredir o édito do rei e afrontado a prevista pena de morte, o coro reflete sobre as ambiguidades da condição de mortal e do exercício de poder.

Esta ode se compõe de dois pares de estrofe e antístrofe. Os dois primeiros versos – *pollà tà deinà k̓oudèn an- / thrópou deinóteron pélei* – contém uma ambiguidade que repercute em todo o estásimo e implica a concepção trágica de realidade humana: a expressão *tà deiná* significa tanto algo prodigioso e admirável quanto algo terrível e intratável. As traduções estão fadadas a ter de escolher entre um ou outro sentido. A semelhança com o início do primeiro estásimo de *Coéforas* de Ésquilo – *pollà mèn gâ tréphei / deinà deigmáton ákhe* ("Terra nutre muitas / terríveis dores de terrores") – levou-me a optar por traduzir "muitos os terrores e nenhum / mais terrível que o homem".

A primeira estrofe descreve a conquista humana do meio ambiente mediante a navegação e agricultura, mas assinala a transgressão de um limite no trato do homem com a infatigável Deusa Terra. A primeira antístrofe descreve o domínio humano dos animais: caça, pesca, subjugação de equinos e touros. A segunda estrofe elenca a viabilidade múltipla do ser humano por diversas artes da linguagem, da inteligência, do urbanismo, da habitação e da medicina e o impasse incontornável da morte. A segunda antístrofe considera a ambiguidade moral dos mortais, tão dúplice que, observadas as leis do Estado e a justiça dos Deuses, o mortal pode se ver "alto na urbe" (*hypsípolis, Ant.* 370), mas, se não as observar, ele pode se ver "sem urbe" (*ápolis, id. ib.*), e conclui formulando a prece por ter o convívio com o seu lado melhor, excluído o pior.

No segundo episódio, na primeira cena, o coro hesita ante o que toma por "numinoso portento" (*daimónion téras, Ant.* 376) ao ver Antígona conduzida pelo guarda e antever a participação da filha no destino do pai, se foi presa por desobediência a leis do rei.

O relato sóbrio e objetivo do guarda a Creonte não tem menos confinidade com portentos numinosos. Depois de os guardas limparem o morto da camada de pó que lhe servia de sepultura simbólica, num dia ensolarado, de súbito um turbilhão de pó, raio e tormenta toldam o céu. Amainada a tempestade, os guardas ouvem e veem a moça lastimar a retirada da poeira do morto, imprecar contra quem o fez, e reiterar o funeral simbólico. Presa e acusada de ambas as ações, da antiga e da recente, ela imperturbável não negou nenhuma.

Creonte não se detém nos aspectos portentosos do relato, mas interroga a acusada se ela confirma ou nega o relato do guarda. Confessada a autoria do crime, Creonte dispensa o guarda, que se retira.

Na segunda cena do segundo episódio, Creonte prossegue o interrogatório da acusada, perguntando se ela tinha conhecimento do édito da interdição e confirmando que, se o tinha, ousou transgredir as leis.

Antígona contrapõe o édito às leis proclamadas por Zeus, Justiça e Deuses ínferos, leis não escritas e inabaláveis, sempre vivas e de origem ignorada, mas cuja infração – esta sim, realmente, – implica prestação de conta à justiça dos Deuses. Considera que, para quem a morte é inevitável, entre tantos males que sofreu, é um lucro morrer antes, e que dor seria se tolerasse deixar insepulto o morto filho de sua mãe. Para Antígona, há leis eternas a se obedecer antes que ao édito de mortais, quando este colide com aquelas. O coro de anciãos, lenientes e resilientes com os sucessivos reis de Tebas, vê na resposta de Antígona a mesma dura e obstinada natureza de seu pai: como ele, ela "não sabe ceder aos males" (*Ant.* 472).

Creonte vê debilidade na rigidez dessa aparente dureza, e vê imperdoável ultraje na ousadia de se ufanar da transgressão; no entanto, não se dá conta da debilidade em sua própria rigidez quando aplica de modo implacável seus princípios de governo a seu próprio círculo familiar, desconsiderando "todo o Zeus familiar" (*toû pantòs ... Zenòs herkeíou, Ant.* 487). Declara que seria menos varão que essa moça se deixasse impune tal transgressão, e condena ambas as irmãs à pior morte (sem especificar desta vez qual seria a pena capital).

Antígona replica que sepultar o irmão é a sua "mais gloriosa glória" (*kléos... eukleésteron, Ant.* 502), e que todos os seus concidadãos a aprovariam se o terror não lhes travasse a língua – o que caracteriza Creonte com traços de tirano. A esticomítia entre Creonte e Antígona contrapõe a visão do morto como inimigo à visão do morto como amigo. Sem nenhum progresso no esforço de persuadir um ao outro, Creonte encerra a esticomítia com um dístico: "Se deves amar, ama-os lá embaixo! / Comigo vivo, mulher não governa." (*Ant.* 524s.)

Na terceira cena do segundo episódio, o coro anuncia que Ismena em pranto sai do palácio real. Creonte acusa as irmãs de conspiração, "dupla erronia e subversão do trono" (*Ant.* 533), e interroga Ismena se tomou parte no funeral. Ismena assume o feito e pede o assentimento da irmã para lhe compartilhar do destino, pois antes cuidava de preservar as vidas de ambas, mas agora sem a irmã a vida não lhe tem sentido e quer estar com a irmã na vida e na morte. Isso Antígona lhe recusa, alegando que Ismena escolheu viver, e ela, morrer (*Ant.* 555). Nessa alegação, ganha sentido o nome de Antígona ("em vez de geração"), porque preferiu a realização dos ritos funerários à geração de filhos. Creonte intervém, declarando que Ismena parece estar enlouquecendo, mas sua irmã sempre o foi. Ismena se justifica declarando a irmã o seu único bem na vida. Creonte manda não a mencionar, afirmando que ela não existe mais. Nesse momento em que Creonte nega a Antígona não só o direito, mas a constatação de existir, a reação de Ismena traz uma nova revelação, que ilumina de um novo sentido o drama, ao perguntar: "Mas matarás a noiva do próprio filho?" (*Ant.* 568).

Creonte, ao se alinhar com Etéocles e adotar a reivindicação deste na querela dos dois irmãos, integra o conflito e o promove, ampliando-o para o seu próprio círculo de relações. A revelação de que Antígona é noiva do filho de Creonte ressignifica o comprometimento de Creonte com os seus próprios princípios de governo, e reforça sua caracterização com traços de tirano.

Depois da "ode ao homem", como sói ser chamado o primeiro estásimo, o segundo estásimo é uma ode à erronia. Esta ode, como a anterior, também se compõe de dois pares de estrofe e antístrofe. A primeira estrofe ressalta o contraste entre a boa interação com o Nume manifesta na vida sem sofrimento e a presença de erronia na família sob golpes de Deus(es), recorrente ao longo de muitas gerações, comparável à borrasca que revolve trevas submarinas assomando lodo negro e açoita as orlas rumorosas. A primeira antístrofe situa essa recorrência de erronia na casa dos Labdácidas, onde se veem os Deuses ínferos ceifar as últimas sobreviventes e conclui com este diagnóstico: "demência da fala, Erínis da mente" (*lógou t'ánoia kaì phrenôn Erinýs*, *Ant.* 603). Por se referir à casa dos Labdácidas, esse diagnóstico compreende todos membros da casa, tanto evocando as mais antigas imprecações de Édipo quanto incluindo as mais recentes palavras de uma e de outra irmã e as proferidas por Creonte. A palavra "Erínis" implica a intervenção da justiça divina, pois as Deusas Erínies se encarregam do aspecto penal da justiça de Zeus (cf. Ésquilo, *Oresteia*, *passim*).

A segunda estrofe celebra o insuperável poder de Zeus, indestrutível, não sujeito à velhice, vivo e visível no marmóreo esplendor do Olimpo, e declara perene esta lei: "para nenhum mortal a vida / segue plena sem erronia" (*Ant.* 633s.). A segunda antístrofe explica essa lei de Zeus primeiro com as imprevisíveis vicissitudes da multívaga esperança entre os mortais e depois com o antigo adágio de que "o mal parece um bem / à mente de quem / Deus induz à erronia" (*Ant.* 622-624).

Suponho que devamos entender que, se a erronia é uma punição imposta pela justiça de Zeus, essa erronia de que falamos é, em si mesma e por si mesma, ao mesmo tempo, tanto a falta a ser punida quanto a punição da falta.

No terceiro episódio, o coro anuncia a vinda de Hémon, filho de Creonte, e indaga se ele estaria aflito (*akhnýmenos, Tr.* 627) por sua noiva. Creonte pergunta direto ao próprio Hémon se ele está irado (*lyssaínon, Tr.* 633) com o pai. Tranquilizando o pai, Hémon declara prezar a obediência e lealdade ao pai mais do que as núpcias.

Creonte louva a obediência que faz do filho uma extensão do pai, exorta o filho a repelir a mulher que de toda a pólis foi a única a desobedecê-lo, reitera sua decisão de matá-la ainda que ela invoque Zeus consanguíneo, e justifica a decisão por suas vantagens políticas, pois a firmeza o faz parecer justo na pólis, e a desobediência e anarquia subvertem e destroem a família, a ordem política e as alianças militares, e conclui reiterando sua atemorizada misoginia.

Hémon louva a razão (*phrénas, Ant.* 863) como a suprema riqueza, reitera a sua menoridade em face do pai, ressalta que escuta do povo o que ao pai não é dado perscrutar, reproduz a opinião pública aprobativa da moça que honrou com funerais o irmão, reitera sua lealdade e solidariedade com o pai, exorta-o a ouvir a razão e a aprender, mudar e ceder para se preservar.

Como é regra em tais confrontos (*agónes*), o coro diz palavras conciliatórias, e segue a esticomítia em que Creonte rejeita os conselhos de Hémon numa escalada de radicalização que ressalta os traços tirânicos de Creonte e culmina com Creonte ameaçando matar a noiva diante do noivo, e com as palavras finais de Hémon exasperado prometendo não haver mais de ser visto pelo pai.

Na segunda e última cena do terceiro episódio, o coro comenta a rapidez e a dor com que Hémon saiu, Creonte reafirma sua decisão de matar as duas irmãs, mas basta uma pergunta em tom confirmatório do coro para Creonte reavaliar que "não a que nada fez" (*Ant.* 771), poupando Ismena. No entanto, planeja encerrar Antígona numa caverna com comida suficiente para que, segundo o seu cálculo, a pólis esteja livre de contaminação (*míasma*, "poluência", *Ant.* 776).

O terceiro estásimo é um hino a Eros. A estrofe invoca o Deus pelo nome e epítetos, descrevendo seu poder irresistível sobre os animais, os homens e os Deuses, e concluindo com a constatação de que sua posse é um estado de loucura. A antístrofe reconhece que o poder de Eros prevalece até sobre os justos, levando-os à ruína, e assim se explica a recente rixa dos varões consanguíneos (dita, por hipálage, "rixa / consanguínea de varões" *Ant.* 573s.). Concluindo, associa à vigência das grandes leis (*tôn megálon... thesmôn, Ant.* 778s.) o "desejo" (*hímeros*) que se manifesta nos olhos da noiva cobiçada. Esta associação de Eros às leis cósmicas se deve à constatação de que "incombatível / brinca Deusa Afrodite" (*ámakhos... empaízei Theòs Aphrodíta, Ant.* 799s.). O que implica loucura e destruição para mortais resolve-se em brincadeira de Eros e Afrodite, dois nomes e dois aspectos da mesma noção e do mesmo domínio. Entretanto, a sequência da ode à erronia no segundo estásimo e do hino a Eros no terceiro estásimo, por se referir à mesma sequência de acontecimentos, combina e confunde os domínios de Eros e de erronia, visto que até os justos estão sujeitos à sedução de Eros que arrasta juízos injustos à ruína.

No início do quarto episódio, o *kommós*[1] dá continuidade ao terceiro estásimo, convertendo o hino a Eros em um canto de núpcias com Hades, ressaltados o aspecto fúnebre da participação de Antígona em Eros e a preferência dada por ela aos mortos (irmãos, pai, mãe) em vez de aos vivos (noivo e possíveis filhos).

Nos quatro versos anapestos transicionais, o coro se diz à beira do pranto ao ver e anunciar que Antígona é levada "ao tálamo que tudo adormece" (*pankoíten... thálamon, Ant.* 805). Ao se referir à sepultura como "tálamo" e atribuir a "tálamo" o epíteto de Hades (cf. *Ant.* 805/810s.), o coro antecipa a imagem com que, na estrofe seguinte, Antígona descreve sua situação como as núpcias com o rio infernal Aqueronte, despedindo-se da luz do Sol pela última vez e lamentando sua privação de himeneus e de hinos nupciais.

O coro tenta consolar Antígona ecoando suas próprias palavras ao mencionar a glória (*Ant.* 816, cf. 502, 695) que lhe caberia por ser a úni-

---

1. Aristóteles define *kommós*, "golpe (no peito)", como "canto fúnebre compartilhado pelo coro e por atores", *Poét.* 1452b24.

ca dos mortais a descer ao Hades viva e por sua própria lei ("autônoma", *autónomos*, *Ant.* 821).

Na antístrofe seguinte, Antígona evoca, sem nomeá-la, a filha de Tântalo, Níobe, cuja dor pela morte dos filhos a transformou em pedra, aparentemente ressaltando a devoção de ambas aos seus, e talvez contestando a alegada singularidade de sua morte pela comparação do emparedamento com o empedramento. O coro, no seu esforço para consolar Antígona, insiste na suposta glória dessa morte singular, ressalvando que Níobe era "Deusa e nascida de Deus", mas que Antígona "terá grande glória / por ter sorte igual dos Deuses / durante a vida e após a morte" (*Ant.* 835ss.). É inegável nesse louvor do coro a Antígona uma implícita previsão da condição de Antígona como *héros*, "herói", – uma instância do divino venerada no culto funerário chamado *heroikaì timaí*, "honras heroicas". No entanto, antes de soar como louvor, essa menção a suposta glória parece soar a Antígona como escárnio e derrisão.

Na última estrofe do *kommós*, Antígona reage dizendo-se escarnecida e insultada e pede que a esperem ir-se antes de insultá-la. Antígona invoca a urbe e os opulentos cidadãos, as águas de Dirce e o bosque sagrado de Tebas como testemunhas de seu insólito funeral, sob tais leis e sem o pranto de amigos, excluído dos que ela considera "amigos" o coro, que ela tinha invocado como "opulentos cidadãos", e por fim deplora sua solidão de "não morta entre mortos", longe dos vivos e dos mortos.

O coro, falhando em sua inábil tentativa de consolar Antígona, recorre a uma justificativa tradicional para infortúnio inexplicado, alguma culpa hereditária: "pagas alguma pena paterna" (*Ant.* 856). A noção de hereditariedade da culpa, decorrente do caráter coletivo da justiça de Zeus, reitera aqui o tema desenvolvido no segundo estásimo (cf. *Ant.* 584ss.).

Na última antístrofe, Antígona assume a justificativa de seu infortúnio sugerida pelo coro ao declarar que o seu mais doloroso cuidado concerne ao "renovado fado paterno" (*patròs tripolístou oítou*, *Ant.* 859), um fado que atinge três gerações: o avô Laio, o pai Édipo e a filha Antígona. Invoca as "erronias nupciais maternas" (*matrôiai léktron âtai*, *Ant.* 863) e "conúbio da mesma origem" (*koimémata t'autogénnet'*,

Ant. 864) de sua mãe com seu pai como sua origem e seu destino: "dos quais eu mísera nasci / e junto a quem eis-me indo / imprecada inupta residir" (*Ant.* 866ss.). Ela se diz "imprecada" (*araîos, Ant.* 866) porque seu destino se inscreve em seu fado paterno, o que explica tanto sua condição de "inupta" (*ágamos, Ant.* 866) quanto suas núpcias com Aqueronte (cf. *Ant.* 816). Invoca, por fim, seu irmão, Polinices, cujas núpcias em Argos preencheram as condições para que ele, já morto, a matasse. Casado com Argeia, filha de Adrasto, rei de Argos, Polinices obteve a aliança militar que lhe permitiu atacar Tebas e assim implicar a irmã em sua morte.

O coro reconhece alguma piedade à atitude de Antígona, mas constata a incompatibilidade dessa atitude com as exigências próprias do exercício efetivo do poder. Assim o coro se permite compreender os acontecimentos em curso, preservando sua lealdade ao rei Creonte. No epodo, Antígona se despede da luz do Sol e parece aceitar a extrema solidão do que ela vê como sua última jornada.

A parte final do quarto episódio contrapõe Creonte e Antígona, não se dirigindo um ao outro, mas cada um a seus próprios interlocutores. Creonte apressa os encarregados de emparedá-la na caverna, declarando que lhe oferece a escolha entre morrer ou viver na tumba, e alegando que assim se manteria isento de culpa e livre de poluência.

Antígona, retomando o oximoro das núpcias com os ínferos, invoca como "túmulo" e "tálamo" a "escavada moradia" onde espera reencontrar os seus sob o domínio de Perséfone. Dirige-se ao pai, à mãe e ao irmão ("fraterna cabeça", *Ant.* 899, 915), de cujos funerais cuidou, asseverando sua convicção do que fez. Contrasta sua piedade fraterna com a opinião de Creonte. Deplora sua privação de núpcias e de filhos e a ausência de amigos e de assistência divina. Defronta o paradoxo de sua prática piedosa ter redundado em impiedade, e constata a inutilidade de, em sua situação, recorrer aos Deuses. Conclui que, se assim agrada aos Deuses, sofrendo reconheceria seu erro, mas que, se o erro é de seus executores, sofram eles males não maiores do que lhe impõem – entendendo-se que seria impossível serem maiores os males.

O coro, aparentando neutralidade, comenta que a inspiração de Antígona continua a mesma ("Ainda os mesmos ventos / lhe inspiram os impulsos", *Tr.* 929s.). Creonte ameaça punir os servos pela demora na execução de sua ordem. Antígona deplora a proximidade da morte. Creonte se faz sarcástico. Antígona se despede de sua cidade pátria e de seus Deuses ancestrais, e conclama os nobres tebanos a testemunharem o que sofre, de quem e por quê.

O quarto estásimo deixa ver o esforço do coro para compreender os fatos com o recurso a paradigmas míticos. Ante a presença persistente e intimidante do rei, a linguagem do coro se torna alusiva e elíptica, que resulta abstrusa e trai sua tentativa de aparentar-se neutro entre a inclemência do poder e a compaixão pelo infortúnio incompreensível. O coro se dirige a Antígona ausente com o vocativo "ó filha" (*ô paî*, *Ant.* 949, 987) como se a consolasse com os exemplos míticos a que recorre para compreender e aceitar os fatos.

A primeira estrofe evoca Dânae, sem explicar quem é por ser conhecida de todos, e assinala sua nobreza de origem e sua experiência da prisão e das núpcias com os ínferos em comum com Antígona, e conclui que a nobreza de origem nada pode contra o que cabe a cada um por imposição da Deusa Parte (*ha moiridía tis dýnamis*, *Ant.* 951).

A primeira antístrofe evoca Licurgo, referido apenas como "iroso filho de Drias" (*Ant.* 975) e qualificado "rei dos edones" (*Ant.* 975), preso por Dioniso "em prisão pedregosa" (*Ant.* 978) pela repressão ao culto de Dioniso. Na *Ilíada* (VI, 130-143), a causa da punição é a mesma, mas o castigo consiste em cegueira e abreviação da vida. A condição de rei e a comutação do cegamento em prisão permitem a comparação de Licurgo com Antígona. O nome de Dioniso evoca o seu vínculo com Tebas, seu revisitado lugar natal.

A segunda estrofe gira em torno "dos dois filhos de Fineu / cegados por selvagem esposa" (*Ant.* 972s.). O enfoque da narrativa se desloca para a geografia do Bósforo e do rio trácio Salmidesso, para a proximidade do Deus Ares, cultuado na Trácia e em Tebas, e para o instrumento da cegueira, sem se explicar o motivo da agressão. Na segunda antístrofe, o enfoque passa dos filhos para a "inupta mãe" (*matròs... anympheútou, Ant.* 980) Cleópatra, não nomeada, descrita como Erectida e como Boréada, que herdou a nobreza da mãe Oritia e a agilidade do pai Bóreas, mas a origem duplamente nobre e divina não a livrou de cumprir o que lhe impuseram as Deusas Partes (*Moîrai, Ant.* 987). Mais uma vez, a sujeição às Deusas Partes é que motiva a comparação com Antígona. O caráter elíptico, desfocado e alusivo da narrativa torna ainda mais evidente e eloquente a imposição irrecusável das Deusas Partes, quando se faz a comparação destas figuras míticas com Antígona. A exortação à aceitação do que as Deusas Partes impõem aos mortais afinal é, na tragédia grega, a única consolação verdadeira e definitiva a se oferecer.

Na primeira cena do quinto episódio, o adivinho Tirésias, valendo-se de sua ascendência moral e intelectual sobre o rei, revela que na perspectiva dos Numes a interdição de sepultura ao morto está espalhando poluência e por isso perturbará a ordem cósmica e política. Creonte reage acusando o adivinho de estar subornado e motivado por ganância, e afirma sua convicção de que "homens não podem poluir os Deuses" (*Ant.* 1044), insistindo que o adivinho age "em vista de lucro" (*Ant.* 1057).

Ante as acusações de corrupção e de injustiça, o adivinho prediz mortes na família de Creonte em consequência de seu delito contra os Deuses ínferos e súperos. Cônscio de sua superioridade moral e intelectual, Tirésias se pronuncia sobre o porvir e se retira, dando as costas a quaisquer objeções do rei a suas revelações numinosas.

Na segunda cena do quinto episódio, Creonte a sós com o coro reconhece seu aturdimento e impasse ante os terríveis vaticínios, e pede aconselhamento. O coro não se faz de rogado e de pronto dá dois conselhos ao rei: "Vai, solta do cavo teto a moça, / faz funerais do que jaz exposto" (*Ant.* 1100s.). Creonte, tomado de pavor, aceita ambos os conselhos sem hesitar, mas, ao pô-los em prática, inverterá a ordem em que foram dados (cf. *Ant.* 1203s.), com consequências fatais.

O quinto estásimo, também com dois pares de estrofe e antístrofe, é um hino a Dioniso, invocando-o com diversos epítetos, sob diversos aspectos, conclamando-o a vir de diversas localidades, onde o cultuam, para Tebas com "pés lustrais" (*katharsíoi podì, Ant.* 1142), com o séquito de loucas que o honram com danças a noite toda. A longa e prolongada invocação cria a expectativa de epifania purificadora, salvífica e restauradora da alegria.

Todavia, nas tragédias *Ájax* (693-718), *As Traquínias* (633-662) e *Édipo Rei* (1086-1109), o canto coral de expectativa exultante precede a catástrofe final, e na conclusão do párodo de *Antígona* (153ss.), a invocação jubilosa a Báquio precede a velada irrupção de erronia no édito real (cf. 192ss.). Neste quinto estásimo, a menção a Deméter eleusínia (*Ant.* 1121) e a Íaco (*Ant.* 1154), divindades ligadas à iniciação nos mistérios relativos ao além-túmulo, prefiguram uma sugestiva mitigação do destino final de Antígona e Hémon.

Na primeira cena do sexto episódio, o mensageiro expõe uma reflexão tradicional sobre a vicissitude, precariedade e imprevisibilidade da condição humana, exemplificando com o que se passou com o rei Creonte: admirado por assumir o poder após salvar a cidade e por sua bela descendência, agora destituído de todo prazer é comparável a um "morto-vivo" (*émpsykhon... nekrón, Ant.* 1167). A repercussão da má notícia atinge também a confiante expectativa do quinto estásimo, enfatizando a imprevisibilidade da condição dos mortais.

A segunda cena é demarcada pela presença de Eurídice, esposa de Creonte e mãe de Hémon, que vem pedir ao mensageiro esclarecimentos da notícia fúnebre entreouvida ao sair do palácio para "suplicar com preces a Deusa Palas" (*Ant.* 1185). Assim se liquida também para Eurídice a expectativa de ter preces atendidas pela Deusa Palas. O mensageiro faz então o relato circunstanciado dos funerais consagrados a Polinices e das mortes por suicídio de Antígona e Hémon.

A seguir, o mensageiro e o coro a sós comentam inquietos o silêncio ominoso com que a rainha se retirou após se inteirar do relato. Por fim, o mensageiro decide entrar no palácio para verificar o que faz a rainha, e o coro anuncia a entrada de Creonte carregando nos braços o cadáver de seu filho: "não alheia / erronia, mas seu próprio desacerto" (*Ant.* 1259s.).

No segundo *kommós*, que coincide com o êxodo (*Ant.* 1257-1353), contracenam Creonte, o coro e o segundo mensageiro.

Na primeira estrofe, Creonte, ecoando o anúncio do coro, assume seus desacertos (*hamartón/hamartémata*, *Ant.* 1260/1261) e responsabilidade pela morte do filho, e o comentário do coro a essa atitude de Creonte identifica essa erronia e desacertos com justiça: "parece veres tarde a justiça" (*Ant.* 1270). Creonte então declara-se mísero e ter aprendido, o que evoca a fórmula esquiliana "saber por sofrer" (*páthei máthos*, Ésquilo, *Ag.* 177), e em seguida atribui sua desgraça a um pesado golpe de Deus, o que a meu ver se explica pela indiscernível ambiguidade da noção de *moîra* ("parte") entre opção de mortal e imposição de Deuses. Por fim, o segundo mensageiro anuncia que aos males que traz nos braços somam-se outros em casa, a saber: "está morta a mulher, mãe deste morto" (*Ant.* 1282).

Na primeira antístrofe, Creonte deplora o "inexpugnável porto de Hades" (*Ant.* 1284), que o destrói, considerando-se também morto, e pergunta pela morte da mulher, ao que o coro responde assinalando o provável uso de eccíclema: "vê-se, não está mais lá dentro" (*Ant.* 1294). Ante ambas as mortes, Creonte deplora a ambas e a si mesmo. O segundo mensageiro relata o suicídio da esposa "junto ao altar com faca afiada" (*Ant.* 1301), enquanto chora outro filho outrora morto, Megareu (possivelmente o nomeado Meneceu em Eurípides, *As Fenícias*) e acusa o marido de filicídio.

Na segunda estrofe, Creonte lamenta não ter sido transpassado com faca afiada, e o segundo mensageiro reitera a acusação da esposa ao marido pela morte de seus dois filhos. Creonte insiste na pergunta como ela morreu, e ante a reiteração do relato assume a culpa pela morte da esposa e pede que seja banido, mas o coro replica que isso seria lucro "se lucro há nos males" (*Ant.* 1326).

Na segunda antístrofe, Creonte manifesta o desejo de morrer, o que é uma das expressões ritualísticas do luto nos funerais atenienses, mas o coro responde que antes lhe cabe o dever com os seus mortos e que "mortais não têm / como escapar da junção da sorte" (*ouk ésti thnetoîs sumphorâs apallagé*, *Ant.* 1338). Por fim, Creonte pede que o exilem ao filho e à esposa morta, declara o seu próprio impasse, como se a poluência o interditasse, e deplora o insuportável golpe com que a sorte o atacou. As últimas palavras do coro enaltecem as virtudes cívicas da prudência com o Nume e da piedade com os Deuses, e mais uma vez condenam a soberbia, cuja punição pelos Deuses, alegam, ensina a se ter prudência na velhice.

ESCRITO NESSE ÍNTERIM

A tragédia *Antígona* de Sófocles – representada em Atenas no Teatro de Dioniso no ano 442 ou 441 a.C. – permanece tão atual que bem entendida nos daria elementos para compreender também o que acontece nos momentos decisivos da história em nosso próprio cenário político nacional. Neste caso, *áte* se apresentaria como o viés ideológico-doutrinário no enfoque das questões de políticas públicas. Foge ao escopo do estudo das tragédias completas de Sófocles o exame de circunstâncias e de nomes próprios aos "nós" de nosso cenário, todavia, este percurso reflexivo sobre o drama de Sófocles já nos oferece um paradigma hermenêutico suficiente para enfim compreendermos a nós mesmos e nosso próprio cenário político nacional.

REFERÊNCIAS BIBLIOGRÁFICAS

CAIRNS, Douglas. "Lógou t'ánoia kaì phrenôn Erinús: Atê in Sophocles' Antigone". https://www.academia.edu/12544543.

SOPHOCLES. *Antigone* edited by Mark Griffith. Cambridge, Cambridge University, 1999.

WINNINGTON-INGRAM, R. P. *Sophocles. An Interpretation*. Cambridge, Cambridge University, 1980.

Creonte e Tirésias

Beatriz de Paoli

UMA ASSERÇÃO COMUM, presente em muitos estudos sobre *Antígona*, é de que Creonte só volta atrás em sua decisão e age apropriadamente, de acordo com o *nómos* e a justiça, quando é tarde demais. "Tudo depende, pois, de Creonte chegar a tempo de salvar Antígona", já dizia Jebb no estudo que precede a sua edição dos dramas sofoclianos. O tempo parece ser, portanto, um elemento importante a ser considerado nesta tragédia e um elemento-chave quando Creonte muda de ideia com relação a seu édito. O que faz o rei voltar atrás são os vaticínios do adivinho Tirésias, que entra em cena no quinto episódio.

A cena entre Creonte e Tirésias pode ser dividida em duas partes. Na primeira, Tirésias chega sem ser convocado pelo rei – o que sinaliza a urgência da situação – e não vaticina, mas fala a respeito do tempo presente. Esse tempo presente de que fala o adivinho – esse "agora" (*nyn*, *Ant.* 996) em que Creonte anda no gume da sorte – se coloca entre um "antes" (*páros*, *Ant.* 993) – quando o rei não se afastava dos conselhos de Tirésias – e um futuro que permanece velado nessa primeira parte da cena e só será revelado na segunda parte.

O que caracteriza esse presente de que fala o adivinho é a perturbação da ordem política e social das coisas na *pólis* (o que é, em última instância, a perturbação da ordem natural das coisas no mundo), a qual é dada a conhecer a Tirésias mediante a observação de sinais divinatórios. Tal perturbação se manifesta sobretudo como poluência e recusa dos Deuses, e é consequência direta dos atos que, segundo o adivinho, a desencadearam: Creonte deixou insepulto um morto e sepultou um vivo.

Os sinais (*semeîa*, *Ant*. 998) descritos por Tirésias são de dois tipos: os obtidos por meio do voo dos pássaros e os obtidos mediante a observação da queima de sacrifícios. Trata-se de duas modalidades bastante comuns de adivinhação do tipo indutivo, isto é, a que se baseia na interpretação de um determinado repertório de sinais. Tirésias, sendo cego, observa a ambos os sinais com a ajuda de um jovem rapaz, que lhe serve de guia.

A descrição dos sinais segue um movimento narrativo acelerado: o grito das aves, as aves que se laceram, o farfalhar das asas, o temor despertado por esse som tão significativo, a busca por novos sinais, a queima de oferendas, o fogo que não se ateia, as oferendas desordenadas sobre o altar. Um certo sentido de urgência permeia a descrição das oferendas, em que, numa única sentença, seis verbos se encadeiam. E seguem-se, imediatamente após o fim da descrição dos sinais, o diagnóstico de que a cidade adoece por causa das decisões de Creonte e a indicação do remédio: sepultar Polinices.

Na narrativa do auspício, privilegia-se o aspecto sonoro na descrição dos sinais: Tirésias ouve o grito das aves, que clamam com furor. O grito, no entanto, é descrito como ignoto e o clamor furioso é incompreensível. O adivinho, porém, "soube" (*égnon*, *Ant*. 1004) que as aves se laceravam com garras letais – o que evoca a morte dos irmãos Etéocles e Polinices às mãos um do outro. Os sons produzidos pelas asas das aves em confronto são ditos "não sem valor" (*ouk ásemos*, *Ant*. 1004), isto é, que não são sem significado. Tirésias percebe neles o sentido ominoso, causa do temor que faz com que se volte à queima de oferendas. A ênfase no aspecto ignoto e ininteligível do auspício reflete uma perturbação no diálogo divinatório, isto é, na comunicação entre homens e Deuses mediante sinais divinos. Essa perturbação se manifesta como obscuridade (*agnôt'*, *Ant.* 1001), ininteligibilidade (*berbarbaroménoi*, *Ant.* 1002), indistinção (*oud'... eusémous*, *Ant.* 1021).

Na narrativa da queima das oferendas sacrificiais, privilegia-se, por sua vez, o aspecto visual. Tirésias descreve a ausência do brilho do fogo, as carnes expostas, a bílis e a gordura espalhadas, as cinzas pútridas sobre o altar fumegante. O caráter repulsivo da descrição tem em si mesmo um sentido ominoso e evoca o corpo de Polinices insepulto e malcheiroso no calor de meio-dia, tal como o descrevera o mensageiro (*Ant.* 410-7); além disso, enfatiza a sua não aceitação por parte dos Deuses, visto que a oferenda que não pega fogo significa que não é aceita, razão pela qual Tirésias fala de sacrifícios "vãos" (*phthínont'*, *Ant.* 1013). São ditos vãos também porque impossibilitam a obtenção de sinais divinatórios através das chamas, o que novamente sinaliza uma perturbação no diálogo divinatório entre Deuses e mortais. No entanto, como observa Kamerbeek (1978, p. 175), trata-se de um paradoxo: a falha na obtenção do sinal divinatório é em si mesmo um sinal divinatório. Do mesmo modo, com relação ao auspício das aves, a ininteligibilidade dos sinais constitui em si mesma um sinal (*oud'... eusémous*, *Ant.* 1021 ~ *ouk ásemos*, *Ant.* 1004). Aquilo de que constituem sinais é enunciado claramente pelo adivinho: a cidade está adoecida pelos intentos de Creonte.

A perturbação, a doença de que padece a *pólis*, deixa-se ver na descrição que Tirésias faz dos altares e dos braseiros da cidade (isto é, os locais de sacrifício ao rés do chão) repletos da carniça trazida por aves e cães do corpo insepulto de Polinices. Essa descrição, fisicamente grotesca, é o retrato de uma cidade contaminada pela poluência. O morto, a quem o édito de Creonte impede de estar sob a terra, no local que lhe é devido, de repente está espalhado por toda a cidade, em seus locais mais sagrados e, por isso mesmo, mais indevidos. Porque a carne pútrida do filho de Édipo atulha os altares, os Deuses não aceitam mais as oferendas; porque saciadas de seu sangue, as aves não fornecem mais sinais claros. A poluência contamina dois pilares da relação entre Deuses e homens: o sacrifício e a adivinhação. E o responsável é Creonte, pois foi ele quem permitiu a contaminação dos altares e transformou as aves fornecedoras de auspícios em meras aves de rapina. É ele, portanto, quem deve remediar a situação, e assim Tirésias o aconselha a voltar atrás em seu édito e permitir o sepultamento de Polinices.

Creonte, porém, reage colericamente, insultando o adivinho. A cena de confronto entre Tirésias e um soberano dos Labdácidas – neste caso, Creonte – constitui, de acordo com Ugolini (1991), um caso particular de um *tópos* mais geral, que é o confronto entre um soberano e um adivinho, cujo exemplo mais famoso é o de Calcas e Agamêmnon no canto I da *Ilíada*.

O embate entre Tirésias e Creonte marca o início da segunda parte da cena e serve não apenas para ressaltar a *áte* sob cujo domínio o rei se encontra, mas também para precipitar os vaticínios do adivinho. É somente aqui que entra a instância do futuro. Tirésias o revela não por intermédio de sinais divinatórios, mas de seu íntimo (*dià phrenôn, Ant.* 1060) e o faz não de bom grado, mas em razão do agravo sofrido (*lupeîs gár, Ant.* 1084). O que ele vaticina de seu íntimo é dito *tà akíneta* (*Ant.* 1060): inamovível, inviolável, inalterável, ou seja, aquilo que, uma vez dito, não se pode retirar. Sendo assim, suas palavras são ao mesmo tempo um vaticínio e uma maldição.

Enquanto vaticínio, as palavras de Tirésias possuem um matiz oracular: a brevidade do tempo é referida através da exiguidade de giros completos do Sol; a morte de Hémon, como a permuta de um morto em troca dos mortos; a ruína de seu lar, como lamentos de homens e de mulheres, numa ambiguidade sugestiva de que sejam *por* homens e mulheres. Enquanto maldição, são comparadas a flechas certeiras, das quais não se pode escapar, disparadas ao coração de Creonte, e figuram como decorrentes do ultraje sofrido pelo adivinho.

Quando Tirésias coloca suas palavras como consequência do agravo sofrido, turvam-se as fronteiras entre vaticínio e maldição, o que tem como efeito a impressão de que, se Tirésias não as tivesse pronunciado, o desenrolar dos acontecimentos teria sido diferente. É como se Creonte, que, de acordo com o adivinho, anda no gume da sorte, tivesse selado seu destino ao injuriá-lo. Ao mesmo tempo, Tirésias deixa explícitas as causas (enterrar Antígona viva e não enterrar Polinices morto) e agentes (os Deuses ínferos, as Erínies de Hades e dos Deuses) envolvidos nos eventos que prenuncia, a despeito de seu tom oracular. O vaticínio, portanto, não deixa margem para erro de interpretação, como ocorre frequentemente no drama sofocliano. Ao contrário, sua clareza é assombrosa e possui a força ilocutória de uma maldição, o que faz Creonte, que até então permaneceu irredutível, mesmo diante dos clamores do próprio filho, finalmente mudar de ideia.

Porém, se o vaticínio em si é claro, direto e eficaz, onde está aquele elemento próprio da tragédia sofocliana, aquela brecha através da qual os heróis inevitavelmente caem? Ela pareceria se manifestar, em *Antígona*, não na falha de interpretação por parte do herói dos sinais divinos, visto que estes não deixam margem à má interpretação, mas no seu *timing*. Creonte volta atrás na sua decisão tarde demais. É um erro temporal e não hermenêutico.

De acordo com Morwood (1993), *Antígona* opera sobre um duplo esquema temporal, em que há um "tempo curto" e um "tempo longo" correndo paralelamente. Assim, o drama apresenta alguns marcadores desse tempo curto: a ação se inicia no amanhecer do dia seguinte à derrota do exército argivo (*Ant.* 15-16) e da morte de Etéocles e Polinices às mãos um do outro (*Ant.* 55-7; 144-6; 171-3); o coro, no párodo, saúda à luz do Sol e o áureo dia (*Ant.* 100; 104) e no segundo episódio, numa passagem rápida de tempo, o guarda menciona o Sol e o calor do meio-dia (*Ant.* 415-7). E, por sua vez, apresenta alguns marcadores de um tempo longo: a hesitação e as idas e vindas do guarda (*Ant.* 223-32), sua menção ao primeiro vigia diurno (*Ant.* 253); a referência de Creonte à reação de cidadãos a seu édito, como se houvesse sido promulgado há tempo (*Ant.* 289-92); a menção ao estado de putrefação e mau cheiro do corpo de Polinices (*Ant.* 410-2), entre outros.

A partir dessa observação de Morwood, podemos perceber como o tempo se alonga ou se encurta de acordo com a perspectiva de quem está falando ou relatando os eventos. Esse duplo esquema temporal pareceria operar igualmente no que diz respeito a Creonte e o vaticínio de Tirésias.

Viu-se que o fato de o adivinho entrar em cena sem ser convocado sinaliza a urgência do momento presente. A descrição dos sinais, especialmente da queima das oferendas, com seu encadeamento de verbos, possui também um ritmo acelerado. Quando Tirésias prenuncia a morte de Hémon, diz que esta não demorará muito para ocorrer, valendo-se, para tanto, da imagem dos giros completos ao redor do Sol, como se mencionou acima. Quando prenuncia a ruína de seu lar, também diz que acontecerá em breve (*ou makroû khrónou*, *Ant.* 1078). E quando, temeroso frente ao vaticínio de Tirésias, Creonte consulta o coro, este urge o rei a agir o mais rápido possível (*tákhista*, *Ant.* 1103): libertar Antígona e sepultar Polinices.

Creonte, no entanto, inverte a ordem das ações. Mais do que isso, ficamos sabendo pelo discurso do Mensageiro que, junto ao corpo de Polinices, eles fizeram preces a Hécate e Plutão para que contivessem a sua ira, banharam seu corpo, colheram ramos e os queimaram junto a pedaços de seu corpo putrefato e que ergueram uma tumba. A descrição de todas essas ações sugere um tempo longo, ao fim do qual, *depois* (*aûthis*, *Ant.* 1204), Creonte segue até a gruta para libertar Antígona. Porém, a partir desse momento, por mais que ordene seus homens a irem rapidamente (*ít' ... okeîs*, *Ant.* 2015) até o local onde a filha de Édipo se encontra, não há tempo suficiente para impedir a desgraça. Todos os acontecimentos se precipitam como uma avalanche: a morte de Antígona, de Hémon, de Eurídice. Como o coro dirá em seguida, Creonte parece ter visto a justiça tarde demais (*opsé*, *Ant.* 1270).

Ao fim da primeira parte da fala de Tirésias, quando ele aconselha Creonte a enterrar Polinices, suas palavras parecem sugerir que ainda há tempo de remediar a situação: "Cede ao morto! Não firas o finado!" (*Ant.* 1029). Abre-se, assim, para ele uma oportunidade de intervir – restabelecendo a ordem ao garantir sepultura a Polinices – e salvar a cidade, Hémon, Antígona, Eurídice e a si mesmo. Mas esse tempo que se depreende da fala de Tirésias é um tempo curto, porque todo seu discurso transmite urgência e iminência. O equívoco de Creonte está, portanto, tanto na inversão da ordem das ações – ele primeiro sepulta

Polinices e depois liberta Antígona – quanto em fazer de um tempo curto um tempo longo quando por fim enterra o corpo do filho de Édipo.

Assim, no enredamento entre vaticínio e maldição e no jogo entre tempos curtos e longos, ressalta-se a "indiscernível ambiguidade da noção de *moîra* ('parte') entre opção de mortal e imposição de Deuses", como pontua Torrano.

REFERÊNCIAS BIBLIOGRÁFICAS

BUSHNELL, Rebecca W. *Prophesying Tragedy: Sign and Voice in Sophocles' Theban Plays*. Ithaca and London, Cornell University Press, 1988.

MORWOOD, James. "The Double Time Scheme in *Antigone*". *Classical Quarterly* 43, 1993, pp. 320-321.

PISTONE, A. N. *When the Gods Speak: Oracular Communication and Concepts of Language in Sophocles*. Thesis Dissertation. University of Michigan, 2017, 260 pp.

SOPHOCLES. *Antigone*. Edited by Mark Griffith. Cambridge, Cambridge University, 1999.

SOPHOCLES. *The Plays of Sophocles. Part III: Antigone*. Commentaries by Jan Coenraad Kamerbeek. Leiden, Brill, 1978.

SOPHOCLES. *The Text of the Seven Plays*. Edited by Sir Richard Jebb. Cambridge, Cambridge University Press, 1914.

UGOLINI, Gherardo. "Tiresia e i Sovrani di Teba: il Topos del Litigio". *Materiali e Discussioni per l'Analisi dei Testi Classici* 27, 1991, pp. 9-36.

ΑΝΤΙΓΟΝΗ / ANTÍGONA*

* A presente tradução segue o texto de H. Lloyd-Jones e N. G. Wilson, *Sophoclis Fabulae*, Oxford, Oxford University Press, 1990. Os números à margem dos versos seguem a referência estabelecida pela tradição filológica e nem sempre coincidem com a sequência ordinal (N. do T.).

ΤΑ ΤΟΥ ΔΡΑΜΑΤΟΣ ΠΡΟΣΩΠΑ

Ἀντιγόνη
Ἰσμήνη
Χορὸς Θηβαίων γερόντων
Κρέων
Φύλαξ
Αἵμων
Τειρεσίας
Ἄγγελος
Εὐρυδίκη
Ἐξάγγελος

PERSONAGENS DO DRAMA

Antígona
Ismena
Coro de anciãos tebanos
Creonte
Guarda
Hémon
Tirésias
Primeiro Mensageiro
Eurídice
Segundo Mensageiro

ΑΝΤΙΓΟΝΗ
    Ὦ κοινὸν αὐτάδελφον Ἰσμήνης κάρα,
    ἆρ' οἶσθ' ὅ τι Ζεὺς τῶν ἀπ' Οἰδίπου κακῶν –
    ἃ, ποῖον οὐχὶ νῷν ἔτι ζώσαιν τελεῖ;
    οὐδὲν γὰρ οὔτ' ἀλγεινὸν οὔτ' †ἄτης ἄτερ†
5   οὔτ' αἰσχρὸν οὔτ' ἄτιμόν ἐσθ', ὁποῖον οὐ
    τῶν σῶν τε κἀμῶν οὐκ ὄπωπ' ἐγὼ κακῶν.
    καὶ νῦν τί τοῦτ' αὖ φασι πανδήμῳ πόλει
    κήρυγμα θεῖναι τὸν στρατηγὸν ἀρτίως;
    ἔχεις τι κεἰσήκουσας; ἤ σε λανθάνει
10   πρὸς τοὺς φίλους στείχοντα τῶν ἐχθρῶν κακά;

ΙΣΜΗΝΗ
    ἐμοὶ μὲν οὐδεὶς μῦθος, Ἀντιγόνη, φίλων
    οὔθ' ἡδὺς οὔτ' ἀλγεινὸς ἵκετ' ἐξ ὅτου
    δυοῖν ἀδελφοῖν ἐστερήθημεν δύο,
    μιᾷ θανόντοιν ἡμέρᾳ διπλῇ χερί·
15   ἐπεὶ δὲ φροῦδός ἐστιν Ἀργείων στρατὸς
    ἐν νυκτὶ τῇ νῦν, οὐδὲν οἶδ' ὑπέρτερον,
    οὔτ' εὐτυχοῦσα μᾶλλον οὔτ' ἀτωμένη.

ΑΝΤΙΓΟΝΗ
    ᾔδη καλῶς, καί σ' ἐκτὸς αὐλείων πυλῶν
    τοῦδ' οὕνεκ' ἐξέπεμπον, ὡς μόνη κλύοις.

ΙΣΜΗΝΗ
20   τί δ' ἔστι; δηλοῖς γάρ τι καλχαίνουσ' ἔπος.

ΑΝΤΙΓΟΝΗ
    οὐ γὰρ τάφου νῷν τὼ κασιγνήτω Κρέων
    τὸν μὲν προτίσας, τὸν δ᾽ ἀτιμάσας ἔχει;

PRÓLOGO (1-99)

ANTÍGONA

Ó tu, comum fraterna cabeça de Ismena,
sabes qual dos males provindos de Édipo
que Zeus não cumprirá em nossas vidas?
Nenhuma aflição nem nenhuma erronia
5   nem ignomínia nem desonra há que não
tenha eu visto entre os teus e meus males.
E agora há pouco, aliás, o que se propala
proclamado pelo estratego a toda a urbe?
Já ouviste algo? Ou ainda não sabes que
10 os males dos inimigos alcançam os amigos?

ISMENA

Nenhuma notícia, Antígona, de amigos
me veio nem doce nem dolorosa desde
que ambas perdemos ambos os irmãos
mortos no mesmo dia por mútua mão.
15 Depois que partiu a tropa dos argivos
nesta última noite, não soube de nada
que me tornasse a sorte melhor ou pior.

ANTÍGONA

Bem sabia, e fora das portas do pátio
por isso te chamei para ouvires a sós.

ISMENA

20 O que é? Tens claro sombria palavra.

ANTÍGONA

De nossos dois irmãos Creonte não
honra um com funerais e outro não?

Ἐτεοκλέα μέν, ὡς λέγουσι, †σὺν δίκῃ
χρησθεὶς† δικαίᾳ καὶ νόμῳ, κατὰ χθονὸς
25 ἔκρυψε τοῖς ἔνερθεν ἔντιμον νεκροῖς,
τὸν δ' ἀθλίως θανόντα Πολυνείκους νέκυν
ἀστοῖσί φασιν ἐκκεκηρῦχθαι τὸ μὴ
τάφῳ καλύψαι μηδὲ κωκῦσαί τινα,
ἐᾶν δ' ἄκλαυτον, ἄταφον, οἰωνοῖς γλυκὺν
30 θησαυρὸν εἰσορῶσι πρὸς χάριν βορᾶς.
τοιαῦτά φασι τὸν ἀγαθὸν Κρέοντα σοὶ
κἀμοί, λέγω γὰρ κἀμέ, κηρύξαντ' ἔχειν,
καὶ δεῦρο νεῖσθαι ταῦτα τοῖσι μὴ εἰδόσιν
σαφῆ προκηρύξοντα, καὶ τὸ πρᾶγμ' ἄγειν
35 οὐχ ὡς παρ' οὐδέν, ἀλλ' ὃς ἂν τούτων τι δρᾷ,
φόνον προκεῖσθαι δημόλευστον ἐν πόλει.
οὕτως ἔχει σοι ταῦτα, καὶ δείξεις τάχα
εἴτ' εὐγενὴς πέφυκας εἴτ' ἐσθλῶν κακή.

ΙΣΜΗΝΗ
τί δ', ὦ ταλαῖφρον, εἰ τάδ' ἐν τούτοις, ἐγὼ
40 λύουσ' ἂν εἴθ' ἅπτουσα προσθείμην πλέον;

ΑΝΤΙΓΟΝΗ
εἰ ξυμπονήσεις καὶ ξυνεργάσῃ σκόπει.

ΙΣΜΗΝΗ
ποῖόν τι κινδύνευμα; ποῦ γνώμης ποτ' εἶ;

ΑΝΤΙΓΟΝΗ
εἰ τὸν νεκρὸν ξὺν τῇδε κουφιεῖς χερί.

ΙΣΜΗΝΗ
ἦ γὰρ νοεῖς θάπτειν σφ', ἀπόρρητον πόλει;

A Etéocles, como dizem, com justiça
servindo-se de justo rito, sob a terra
25   cobriu honrado entre ínferos mortos,
ao pobre cadáver de Polinices morto
conta-se que proclamou aos cidadãos
não sepultar nem chorar, mas deixar
sem pranto insepulto às aves o doce
30   tesouro ao virem o regalo do pasto.
Conta-se que o bravo Creonte a ti
e a mim, até a mim, tal proclamou
e vem para cá proclamar isso claro
aos que não sabem e conduzir isso
35   não em nada, mas a quem o fizer
prescreve morte apedrejada na urbe.
Eis o que tens e logo te mostrarás
bem nascida ou de nobres ignóbil.

ISMENA
Se assim é, ó temerária, o que eu
40   soltando ou atando acrescentaria?

ANTÍGONA
Examina se cooperas e contribuis!

ISMENA
Qual risco? O que tens em mente?

ANTÍGONA
Se com esta mão erguerás o morto.

ISMENA
Dizes sepultá-lo, o interdito à urbe?

ΑΝΤΙΓΟΝΗ
45 τὸν γοῦν ἐμὸν, καὶ τὸν σόν, ἢν σὺ μὴ θέλῃς,
    ἀδελφόν· οὐ γὰρ δὴ προδοῦσ᾽ ἁλώσομαι.

ΙΣΜΗΝΗ
    ὦ σχετλία, Κρέοντος ἀντειρηκότος;

ΑΝΤΙΓΟΝΗ
    ἀλλ᾽ οὐδὲν αὐτῷ τῶν ἐμῶν ⟨μ᾽⟩ εἴργειν μέτα.

ΙΣΜΗΝΗ
    οἴμοι· φρόνησον, ὦ κασιγνήτη, πατὴρ
50 ὡς νῷν ἀπεχθὴς δυσκλεής τ᾽ ἀπώλετο
    πρὸς αὐτοφώρων ἀμπλακημάτων, διπλᾶς
    ὄψεις ἀράξας αὐτὸς αὐτουργῷ χερί·
    ἔπειτα μήτηρ καὶ γυνή, διπλοῦν ἔπος,
    πλεκταῖσιν ἀρτάναισι λωβᾶται βίον·
55 τρίτον δ᾽ ἀδελφὼ δύο μίαν καθ᾽ ἡμέραν
    αὐτοκτονοῦντε τὼ ταλαιπώρω μόρον
    κοινὸν κατειργάσαντ᾽ ἐπαλλήλοιν χεροῖν.
    νῦν δ᾽ αὖ μόνα δὴ νὼ λελειμμένα σκόπει
    ὅσῳ κάκιστ᾽ ὀλούμεθ᾽, εἰ νόμου βίᾳ
60 ψῆφον τυράννων ἢ κράτη παρέξιμεν.
    ἀλλ᾽ ἐννοεῖν χρὴ τοῦτο μὲν γυναῖχ᾽ ὅτι
    ἔφυμεν, ὡς πρὸς ἄνδρας οὐ μαχουμένα·
    ἔπειτα δ᾽ οὕνεκ᾽ ἀρχόμεσθ᾽ ἐκ κρεισσόνων
    καὶ ταῦτ᾽ ἀκούειν κἄτι τῶνδ᾽ ἀλγίονα.
65 ἐγὼ μὲν οὖν αἰτοῦσα τοὺς ὑπὸ χθονὸς
    ξύγγνοιαν ἴσχειν, ὡς βιάζομαι τάδε,
    τοῖς ἐν τέλει βεβῶσι πείσομαι· τὸ γὰρ
    περισσὰ πράσσειν οὐκ ἔχει νοῦν οὐδένα.

ΑΝΤΙΓΟΝΗ
    οὔτ᾽ ἂν κελεύσαιμ᾽ οὔτ᾽ ἄν, εἰ θέλοις ἔτι

ANTÍGONA
45 Ainda é o meu e teu irmão, queiras
ou não. Não serei pega em traição.

ISMENA
Oh pobre! Após proibi-lo Creonte?

ANTÍGONA
Ele não pode me afastar dos meus.

ISMENA
Oímoi! Ó irmã, pensa em nosso pai
50 como detestado e infame sucumbiu
a seus flagrantes delitos, golpeadas
ambas as vistas por sua própria mão;
depois, mãe e esposa, duplo nome,
com urdidas cordas põe fim à vida;
55 terceiro, os dois irmãos num só dia
ambos se matando míseros obtêm
morte comum em mãos um do outro.
Agora, enfim, só nós duas restantes,
vê que morte péssima se contra a lei
60 transgredirmos édito e poder de reis.
Mas convém refletir que nascemos
mulher para não lutar contra varões,
que somos governadas por superiores
e escutar isso e ainda o pior que isso.
65 Eu, então, pedindo aos de sob a terra
obter perdão por ser assim forçada,
obedecerei aos que têm poder, pois
a ação extra não tem sentido algum.

ANTÍGONA
Não exortarei, nem se ainda quisesses

70 πράσσειν, ἐμοῦ γ᾽ ἂν ἡδέως δρῴης μέτα.
ἀλλ᾽ ἴσθ᾽ ὁποία σοι δοκεῖ, κεῖνον δ᾽ ἐγὼ
θάψω. καλόν μοι τοῦτο ποιούσῃ θανεῖν.
φίλη μετ᾽ αὐτοῦ κείσομαι, φίλου μέτα,
ὅσια πανουργήσασ᾽· ἐπεὶ πλείων χρόνος
75 ὃν δεῖ μ᾽ ἀρέσκειν τοῖς κάτω τῶν ἐνθάδε.
ἐκεῖ γὰρ αἰεὶ κείσομαι· σὺ δ᾽ εἰ δοκεῖ
τὰ τῶν θεῶν ἔντιμ᾽ ἀτιμάσασ᾽ ἔχε.

ΙΣΜΗΝΗ
 ἐγὼ μὲν οὐκ ἄτιμα ποιοῦμαι, τὸ δὲ
 βίᾳ πολιτῶν δρᾶν ἔφυν ἀμήχανος.

ΑΝΤΙΓΟΝΗ
80 σὺ μὲν τάδ᾽ ἂν προὔχοι᾽· ἐγὼ δὲ δὴ τάφον
 χώσουσ᾽ ἀδελφῷ φιλτάτῳ πορεύσομαι.

ΙΣΜΗΝΗ
 οἴμοι ταλαίνης ὡς ὑπερδέδοικά σου.

ΑΝΤΙΓΟΝΗ
 μὴ ᾽μοῦ προτάρβει· τὸν σὸν ἐξόρθου πότμον.

ΙΣΜΗΝΗ
 ἀλλ᾽ οὖν προμηνύσῃς γε τοῦτο μηδενὶ
85 τοὔργον, κρυφῇ δὲ κεῦθε, σὺν δ᾽ αὕτως ἐγώ.

ΑΝΤΙΓΟΝΗ
 οἴμοι, καταύδα· πολλὸν ἐχθίων ἔσῃ
 σιγῶσ᾽, ἐὰν μὴ πᾶσι κηρύξῃς τάδε.

ΙΣΜΗΝΗ
 θερμὴν ἐπὶ ψυχροῖσι καρδίαν ἔχεις.

70 agir, não o farias comigo com doçura.
Mas sê como pensas, eu o sepultarei.
Belo para mim é morrer fazendo isso.
Amiga com ele repousarei com amigo
por lícito delito, pois maior é o tempo
75 meu com os de sob que com os daqui.
Lá repousarei sempre. Tu, se te apraz,
faz a desonra às honrarias dos Deuses.

ISMENA
Eu não cometo desonra, mas incapaz
nasci de agir ao arrepio dos cidadãos.

ANTÍGONA
80 Tu alegarias isso, mas eu irei fazer
os funerais ao meu caríssimo irmão.

ISMENA
Oímoi! Mísera, quanto temo por ti!

ANTÍGONA
Não por mim! Cuida do que te cabe!

ISMENA
Então, não o denuncies a ninguém!
85 Guarda segredo! Eu farei o mesmo.

ANTÍGONA
Oímoi! Declara! Muito mais odiada
serás, se não o proclamares a todos!

ISMENA
No gélido tens cálido o teu coração.

ΑΝΤΙΓΟΝΗ
    ἀλλ' οἶδ' ἀρέσκουσ' οἷς μάλισθ' ἁδεῖν με χρή.

ΙΣΜΗΝΗ
90   εἰ καὶ δυνήσῃ γ'· ἀλλ' ἀμηχάνων ἐρᾷς.

ΑΝΤΙΓΟΝΗ
    οὐκοῦν, ὅταν δὴ μὴ σθένω, πεπαύσομαι.

ΙΣΜΗΝΗ
    ἀρχὴν δὲ θηρᾶν οὐ πρέπει τἀμήχανα.

ΑΝΤΙΓΟΝΗ
    εἰ ταῦτα λέξεις, ἐχθαρῇ μὲν ἐξ ἐμοῦ,
    ἐχθρὰ δὲ τῷ θανόντι προσκείσῃ δίκῃ.
95   ἀλλ' ἔα με καὶ τὴν ἐξ ἐμοῦ δυσβουλίαν
    παθεῖν τὸ δεινὸν τοῦτο· πείσομαι γὰρ οὖν
    τοσοῦτον οὐδὲν ὥστε μὴ οὐ καλῶς θανεῖν.

ΙΣΜΗΝΗ
    ἀλλ' εἰ δοκεῖ σοι, στεῖχε· τοῦτο δ' ἴσθ', ὅτι
    ἄνους μὲν ἔρχῃ, τοῖς φίλοις δ' ὀρθῶς φίλη.

ANTÍGONA
  Mas sei tocar a quem devo agradar.

ISMENA
90 Se pudesses, mas queres impossível.

ANTÍGONA
  Então, quando não puder, cessarei.

ISMENA
  Nunca se deve caçar o impossível.

ANTÍGONA
  Dizendo isso, serás odiada por mim
  e odiosa junto ao morto com justiça.
95 Deixa-me a mim e à minha demência
  sofrer este terror, pois nada sofrerei
  tanto que me impeça de morrer bem.

ISMENA
  Se te apraz, vai, mas sabe disto: vais
  sem tino, mas amiga certa dos amigos.

ΧΟΡΟΣ

{STR. 1} ἀκτὶς ἀελίου, τὸ κάλ-
101 λιστον ἑπταπύλῳ φανὲν
Θήβᾳ τῶν πρότερον φάος,
ἐφάνθης ποτ᾽, ὦ χρυσέας
ἀμέρας βλέφαρον, Διρκαί-
105 ων ὑπὲρ ῥεέθρων μολοῦσα,
τὸν †λεύκασπιν Ἀπιόθεν
φῶτα βάντα πανσαγίᾳ†
φυγάδα πρόδρομον ὀξυτόρῳ
κινήσασα χαλινῷ·
110 ὃς ἐφ᾽ ἡμετέρᾳ γῇ Πολυνείκους
ἀρθεὶς νεικέων ἐξ ἀμφιλόγων
ὀξέα κλάζων
αἰετὸς εἰς γῆν ὣς ὑπερέπτα,
λευκῆς χιόνος πτέρυγι στεγανός
115 πολλῶν μεθ᾽ ὅπλων
ξύν θ᾽ ἱπποκόμοις κορύθεσσιν.

{ANT. 1} στὰς δ᾽ ὑπὲρ μελάθρων φονώ-
σαισιν ἀμφιχανὼν κύκλῳ
λόγχαις ἑπτάπυλον στόμα
120 ἔβα, πρίν ποθ᾽ ἀμετέρων
αἱμάτων γένυσιν πλησθῆ-
ναί ⟨τε⟩ καὶ στεφάνωμα πύργων
πευκάενθ᾽ Ἥφαιστον ἑλεῖν.
τοῖος ἀμφὶ νῶτ᾽ ἐτάθη
125 πάταγος Ἄρεος, ἀντιπάλῳ
δυσχείρωμα δράκοντος.

PÁRODO (100-161)

CORO

EST. 1   Raio de Sol, a mais bela
101   luz de todas já surgidas
      em Tebas de sete portas
      surgiste afinal, ó visão
      de áureo dia, sobrevinda
105   às águas do rio Dirce
      puseste varão argivo
      de alvo escudo armado
      indo em pronta fuga
      de instigantes rédeas,
110   vindo à nossa terra por
      ambígua rixa de Polinices
      com estridente clamor
      qual águia em voo cobre
      a terra com níveas asas
115   munido de muitas armas
      e elmos de equina crina.

ANT. 1   Pousado no teto abrindo
      bico de sangrentas lanças
      ante a boca de sete portas
120   partiu antes que fartasse
      as fauces de nosso sangue
      e a pínea flama de Hefesto
      tomasse a coroa de torres.
      Tal na retaguarda o fragor
125   de Ares cresceu invencível
      ao adversário da serpente.

Ζεὺς γὰρ μεγάλης γλώσσης κόμπους
ὑπερεχθαίρει, καί σφας ἐσιδὼν
πολλῷ ῥεύματι προσνισσομένους,
130   χρυσοῦ καναχῆς ὑπεροπτείαις,
παλτῷ ῥιπτεῖ πυρὶ βαλβίδων
ἐπ᾽ ἄκρων ἤδη
νίκην ὁρμῶντ᾽ ἀλαλάξαι·

{STR. 2}   ἀντιτύπᾳ δ᾽ ἐπὶ γᾷ πέσε τανταλωθεὶς
135   πυρφόρος ὃς τότε μαινομένᾳ ξὺν ὁρμᾷ
βακχεύων ἐπέπνει
ῥιπαῖς ἐχθίστων ἀνέμων.
εἶχε δ᾽ ἄλλᾳ τὰ δ᾽· ⟨ἄλλ᾽⟩
ἄλλ᾽ ἐπ᾽ ἄλλοις ἐπενώ-
μα στυφελίζων μέγας Ἄ-
140   ρης δεξιόσειρος.
ἑπτὰ λοχαγοὶ γὰρ ἐφ᾽ ἑπτὰ πύλαις
ταχθέντες ἴσοι πρὸς ἴσους ἔλιπον
Ζηνὶ τροπαίῳ πάγχαλκα τέλη,
πλὴν τοῖν στυγεροῖν, ὣ πατρὸς ἑνὸς
145   μητρός τε μιᾶς φύντε καθ᾽ αὑτοῖν
δικρατεῖς λόγχας στήσαντ᾽ ἔχετον
κοινοῦ θανάτου μέρος ἄμφω.

{ANT. 2}   ἀλλὰ γὰρ ἁ μεγαλώνυμος ἦλθε Νίκα
τᾷ πολυαρμάτῳ ἀντιχαρεῖσα Θήβᾳ,
150   ἐκ μὲν δὴ πολέμων
τῶν νῦν θέσθε λησμοσύναν,
θεῶν δὲ ναοὺς χοροῖς
παννυχίοις πάντας ἐπέλ-
θωμεν, ὁ Θήβας δ᾽ ἐλελί-
χθων Βάκχιος ἄρχοι.

         Zeus odeia alardes de língua
         grande e, ao vê-los avançar
         na longa onda da soberba
130   com o clangor do ouro,
         golpeia com fogo míssil
         quem no alto de ameias
         ia dar vivas à vitória.

EST. 2   Abatido cai por terra batida
135   ignífero naquele ataque louco
         bacante inspirado nos ímpetos
         dos ventos mais adversos.
         Outra, porém, foi a sorte,
         a outros deu outras sortes
         o grande Ares dispersor
140   atrelado à direita.
         Os sete chefes às sete portas
         iguais contra iguais deixaram
         a Zeus Troféu tributos brônzeos.
         Só os hórridos do mesmo pai
145   e da mesma mãe contrapondo
         lanças de duas vitórias obtêm
         ambos a sorte de mútua morte.

ANT. 2   Mas veio a magnífica Vitória
         grata a Tebas rica em carros.
150   Depois de tais combates
         trazei-nos esquecimento!
         Vamos a todos os templos
         dos Deuses a noite toda
         dançando com os coros!
         Guie Báquio vibrando Tebas!

155 ἀλλ᾽ ὅδε γὰρ δὴ βασιλεὺς χώρας,
†Κρέων ὁ Μενοικέως,† … νεοχμὸς
νεαραῖσι θεῶν ἐπὶ συντυχίαις
χωρεῖ τίνα δὴ μῆτιν ἐρέσσων,
ὅτι σύγκλητον τήνδε γερόντων
160 προὔθετο λέσχην,
κοινῷ κηρύγματι πέμψας;

155 Eis Creonte de Meneceu
o rei desta região novo
em nova junção de Deuses.
Com que plano remava
quando fez convocar
160 esta reunião de anciãos
por uma ordem conjunta?

ΚΡΕΩΝ
    ἄνδρες, τὰ μὲν δὴ πόλεος ἀσφαλῶς θεοὶ
    πολλῷ σάλῳ σείσαντες ὤρθωσαν πάλιν·
    ὑμᾶς δ᾿ ἐγὼ πομποῖσιν ἐκ πάντων δίχα
165 ἔστειλ᾿ ἱκέσθαι, τοῦτο μὲν τὰ Λαΐου
    σέβοντας εἰδὼς εὖ θρόνων ἀεὶ κράτη,
    τοῦτ᾿ αὖθις, ἡνίκ᾿ Οἰδίπους ὤρθου πόλιν,
    κἀπεὶ διώλετ᾿, ἀμφὶ τοὺς κείνων ἔτι
    παῖδας μένοντας ἐμπέδοις φρονήμασιν.
170 ὅτ᾿ οὖν ἐκεῖνοι πρὸς διπλῆς μοίρας μίαν
    καθ᾿ ἡμέραν ὤλοντο παίσαντές τε καὶ
    πληγέντες αὐτόχειρι σὺν μιάσματι,
    ἐγὼ κράτη δὴ πάντα καὶ θρόνους ἔχω
    γένους κατ᾿ ἀγχιστεῖα τῶν ὀλωλότων.
175 ἀμήχανον δὲ παντὸς ἀνδρὸς ἐκμαθεῖν
    ψυχήν τε καὶ φρόνημα καὶ γνώμην, πρὶν ἂν
    ἀρχαῖς τε καὶ νόμοισιν ἐντριβὴς φανῇ.
    ἐμοὶ γὰρ ὅστις πᾶσαν εὐθύνων πόλιν
    μὴ τῶν ἀρίστων ἅπτεται βουλευμάτων,
180 ἀλλ᾿ ἐκ φόβου του γλῶσσαν ἐγκλῄσας ἔχει,
    κάκιστος εἶναι νῦν τε καὶ πάλαι δοκεῖ·
    καὶ μεῖζον᾿ ὅστις ἀντὶ τῆς αὑτοῦ πάτρας
    φίλον νομίζει, τοῦτον οὐδαμοῦ λέγω.
    ἐγὼ γάρ, ἴστω Ζεὺς ὁ πάνθ᾿ ὁρῶν ἀεί,
185 οὔτ᾿ ἂν σιωπήσαιμι τὴν ἄτην ὁρῶν
    στείχουσαν ἀστοῖς ἀντὶ τῆς σωτηρίας,
    οὔτ᾿ ἂν φίλον ποτ᾿ ἄνδρα δυσμενῆ χθονὸς
    θείμην ἐμαυτῷ, τοῦτο γιγνώσκων ὅτι
    ἥδ᾿ ἐστὶν ἡ σῴζουσα καὶ ταύτης ἔπι
190 πλέοντες ὀρθῆς τοὺς φίλους ποιούμεθα.
    τοιοῖσδ᾿ ἐγὼ νόμοισι τήνδ᾿ αὔξω πόλιν.

PRIMEIRO EPISÓDIO (162-331)

CREONTE
    Senhores, os Deuses reergueram segura
    esta urbe após sacudi-la com a tormenta.
    Eu por núncios vos fiz vir, e não a todos,
165 por saber que primeiro vós sempre fostes
    reverentes aos poderes do trono de Laio
    e ainda quando Édipo governava a urbe
    e ao falecer permanecestes com o firme
    sentimento também junto de seus filhos.
170 Então quando por dupla morte num só
    dia pereceram golpeantes e golpeados
    com a poluência de seu próprio braço,
    eu detenho todos os poderes e o trono
    pela proximidade familiar dos finados.
175 De todo varão é impossível conhecer
    a alma, sentimento e saber, antes que
    se mostre na prova do poder e das leis.
    A meu ver, quem no governo da urbe
    não se ligar às melhores deliberações,
180 mas por medo manter a boca fechada,
    penso agora e outrora que seja o pior;
    e quem julga o amigo mais importante
    que a pátria, não tem valor para mim.
    Eu, saiba Zeus que sempre tudo vê,
185 não me calaria se visse aos cidadãos
    avançar erronia em vez de salvação,
    nem faria jamais meu amigo o varão
    hostil à terra, reconhecendo que esta
    é a salvadora e ao navegar com ela
190 reta é que fazemos os nossos amigos.
    Com tais leis farei crescer esta urbe.

καὶ νῦν ἀδελφὰ τῶνδε κηρύξας ἔχω
ἀστοῖσι παίδων τῶν ἀπ᾽ Οἰδίπου πέρι·
Ἐτεοκλέα μέν, ὃς πόλεως ὑπερμαχῶν
195 ὄλωλε τῆσδε, πάντ᾽ ἀριστεύσας δορί,
τάφῳ τε κρύψαι καὶ τὰ πάντ᾽ ἐφαγνίσαι
ἃ τοῖς ἀρίστοις ἔρχεται κάτω νεκροῖς·
τὸν δ᾽ αὖ ξύναιμον τοῦδε, Πολυνείκην λέγω,
ὃς γῆν πατρῴαν καὶ θεοὺς τοὺς ἐγγενεῖς
200 φυγὰς κατελθὼν ἠθέλησε μὲν πυρὶ
πρῆσαι κατ᾽ ἄκρας, ἠθέλησε δ᾽ αἵματος
κοινοῦ πάσασθαι, τοὺς δὲ δουλώσας ἄγειν,
τοῦτον πόλει τῇδ᾽ ἐκκεκήρυκται τάφῳ
μήτε κτερίζειν μήτε κωκῦσαί τινα,
205 ἐᾶν δ᾽ ἄθαπτον καὶ πρὸς οἰωνῶν δέμας
καὶ πρὸς κυνῶν ἐδεστὸν αἰκισθέν τ᾽ ἰδεῖν.
τοιόνδ᾽ ἐμὸν φρόνημα, κοὔποτ᾽ ἔκ γ᾽ ἐμοῦ
τιμῇ προέξουσ᾽ οἱ κακοὶ τῶν ἐνδίκων.
ἀλλ᾽ ὅστις εὔνους τῇδε τῇ πόλει, θανὼν
210 καὶ ζῶν ὁμοίως ἔκ γ᾽ ἐμοῦ τιμήσεται.

ΧΟΡΟΣ

σοὶ ταῦτ᾽ ἀρέσκει, παῖ Μενοικέως, ποεῖν
τὸν τῇδε δύσνουν καὶ τὸν εὐμενῆ πόλει·
νόμῳ δὲ χρῆσθαι παντί, τοῦτ᾽ ἔνεστί σοι
καὶ τῶν θανόντων χὠπόσοι ζῶμεν πέρι.

ΚΡΕΩΝ

215 ὡς ἂν σκοποὶ νῦν ἦτε τῶν εἰρημένων –

ΧΟΡΟΣ

νεωτέρῳ τῳ τοῦτο βαστάζειν πρόθες.

ΚΡΕΩΝ

ἀλλ᾽ εἴσ᾽ ἑτοῖμοι τοῦ νεκροῦ γ᾽ ἐπίσκοποι.

Agora o édito irmão destas proclamo
aos cidadãos sobre os filhos de Édipo:
a Etéocles, que ao defender esta urbe
195 pereceu com todo préstimo da lança,
sepultar e consagrar todas as honras
oferecidas aos melhores dos mortos;
quanto ao seu irmão, digo Polinices,
que de volta do exílio quis incendiar
200 a pátria e os Deuses nativos com fogo
de alto a baixo e dos seus quis beber
o sangue comum e conduzir cativos,
dele a proclamação a esta urbe diz
não honrar com funerais nem pranto
205 mas deixar insepulto corpo devorado
por aves e cães e indigno de se ver.
Tal é o meu pensamento e por mim
maus não superarão justos em honra.
Mas o benfeitor desta urbe, se morto
210 ou em vida, terá de mim símil honra.

CORO

Assim te apraz, filho de Meneceu,
tratar amigos e inimigos desta urbe
e servir-te de toda lei, isso tu podes
sobre os mortos e todos nós em vida.

CREONTE

215 Sede vós os guardiães destas ordens.

CORO

Incumbe disso alguém mais jovem.

CREONTE

Mas guardas do morto estão alerta.

ΧΟΡΟΣ
 τί δῆτ᾽ ἂν ἄλλ᾽ ἐκ τοῦδ᾽ ἐπεντέλλοις ἔτι;

ΚΡΕΩΝ
 τὸ μὴ 'πιχωρεῖν τοῖς ἀπιστοῦσιν τάδε.

ΧΟΡΟΣ
220 οὐκ ἔστιν οὕτω μῶρος ὃς θανεῖν ἐρᾷ.

ΚΡΕΩΝ
 καὶ μὴν ὁ μισθός γ᾽ οὗτος. ἀλλ᾽ ὑπ᾽ ἐλπίδων
 ἄνδρας τὸ κέρδος πολλάκις διώλεσεν.

ΦΥΛΑΞ
 ἄναξ, ἐρῶ μὲν οὐχ ὅπως τάχους ὕπο
 δύσπνους ἱκάνω κοῦφον ἐξάρας πόδα.
225 πολλὰς γὰρ ἔσχον φροντίδων ἐπιστάσεις,
 ὁδοῖς κυκλῶν ἐμαυτὸν εἰς ἀναστροφήν·
 ψυχὴ γὰρ ηὔδα πολλά μοι μυθουμένη,
 "τάλας, τί χωρεῖς οἷ μολὼν δώσεις δίκην;
 τλήμων, μενεῖς αὖ; κεἰ τάδ᾽ εἴσεται Κρέων
230 ἄλλου παρ᾽ ἀνδρός, πῶς σὺ δῆτ᾽ οὐκ ἀλγυνῇ;"
 τοιαῦθ᾽ ἑλίσσων ἤνυτον σχολῇ βραδύς,
 χοὕτως ὁδὸς βραχεῖα γίγνεται μακρά.
 τέλος γε μέντοι δεῦρ᾽ ἐνίκησεν μολεῖν
 σοί· κεἰ τὸ μηδὲν ἐξερῶ, φράσω δ᾽ ὅμως.
235 τῆς ἐλπίδος γὰρ ἔρχομαι δεδραγμένος,
 τὸ μὴ παθεῖν ἂν ἄλλο πλὴν τὸ μόρσιμον.

ΚΡΕΩΝ
 τί δ᾽ ἐστὶν ἀνθ᾽ οὗ τήνδ᾽ ἔχεις ἀθυμίαν;

ΦΥΛΑΞ
 φράσαι θέλω σοι πρῶτα τἀμαυτοῦ· τὸ γὰρ

CORO

O que mais então ainda ordenarias?

CREONTE

Não cooperar com dissidentes disto.

CORO

220 Não há tal tolo que queira morrer.

CREONTE

Sim, eis o preço, mas a expectativa
de lucro muitas vezes destrói varões.

GUARDA

Ó rei, não direi que pela rapidez
venho arfante de alçar pé ligeiro,
225 pois fiz muitas pausas a refletir,
nas vias voltando-me ao retorno,
a alma muito me falava dizendo:
"Pobre, vais aonde serás punido?
Pobre, ficas? Se Creonte souber
230 por outrem, como não terás dor?"
Com tais voltas, a custo ia lento
e o percurso breve se torna longo.
Por fim, porém, venceu vir aqui
por ti. Se nada disser, direi ainda.
235 Venho agarrado a esta esperança:
não sofrer nada mais que a sorte.

CREONTE

Por que é que tens tal desalento?

GUARDA

Quero falar-te primeiro de mim:

πρᾶγμ᾽ οὔτ᾽ ἔδρασ᾽ οὔτ᾽ εἶδον ὅστις ἦν ὁ δρῶν,
240 οὐδ᾽ ἂν δικαίως ἐς κακὸν πέσοιμί τι.

ΚΡΕΩΝ

εὖ γε στοχάζῃ κἀποφράγνυσαι κύκλῳ
τὸ πρᾶγμα˙ δηλοῖς δ᾽ ὥς τι σημανῶν νέον.

ΦΥΛΑΞ

τὰ δεινὰ γάρ τοι προστίθησ᾽ ὄκνον πολύν.

ΚΡΕΩΝ

οὔκουν ἐρεῖς ποτ᾽, εἶτ᾽ ἀπαλλαχθεὶς ἄπει;

ΦΥΛΑΞ

245 καὶ δὴ λέγω σοι. τὸν νεκρόν τις ἀρτίως
θάψας βέβηκε κἀπὶ χρωτὶ διψίαν
κόνιν παλύνας κἀφαγιστεύσας ἃ χρή.

ΚΡΕΩΝ

τί φής; τίς ἀνδρῶν ἦν ὁ τολμήσας τάδε;

ΦΥΛΑΞ

οὐκ οἶδ᾽· ἐκεῖ γὰρ οὔτε του γενῇδος ἦν
250 πλῆγμ᾽, οὐ δικέλλης ἐκβολή· στύφλος δὲ γῆ
καὶ χέρσος, ἀρρὼξ οὐδ᾽ ἐπημαξευμένη
τροχοῖσιν, ἀλλ᾽ ἄσημος οὑργάτης τις ἦν.
ὅπως δ᾽ ὁ πρῶτος ἡμὶν ἡμεροσκόπος
δείκνυσι, πᾶσι θαῦμα δυσχερὲς παρῆν.
255 ὁ μὲν γὰρ ἠφάνιστο, τυμβήρης μὲν οὔ,
λεπτὴ δ᾽ ἄγος φεύγοντος ὣς ἐπῆν κόνις.
σημεῖα δ᾽ οὔτε θηρὸς οὔτε του κυνῶν
ἐλθόντος, οὐ σπάσαντος ἐξεφαίνετο.
λόγοι δ᾽ ἐν ἀλλήλοισιν ἐρρόθουν κακοί,
260 φύλαξ ἐλέγχων φύλακα, κἂν ἐγίγνετο

>   não fiz o feito nem vi quem fez
> 240   nem por justiça teria algum mal.

CREONTE
>   Bem visaste e fechaste em círculo
>   o fato. É claro que dirás novidade.

GUARDA
>   Os terrores trazem muito temor.

CREONTE
>   Não dirás afinal e irás então livre?

GUARDA
> 245   Agora digo, alguém sepultou o morto
>   há pouco e foi-se após cobrir o corpo
>   de sequioso pó e sagrar ritos devidos.

CREONTE
>   Que dizes? De quem seria essa audácia?

GUARDA
>   Não sei. Lá não havia golpe de enxada
> 250   nem manejo de pá, a terra estava dura
>   e compacta, não sulcada, nem trilhada
>   de rodas, não havia sinal de quem fez.
>   Quando o nosso primeiro vigia diurno
>   denuncia, o espanto era triste a todos.
> 255   Ele desaparecera, insepulto, mas sob
>   leve poeira como a evitar poluência.
>   Nem de fera nem de cães se mostrava
>   sinal de que tivesse vindo e lacerado.
>   Falas entre uns e outros soavam más,
> 260   guarda acusando guarda e terminaria

πληγῇ τελευτῶσ', οὐδ' ὁ κωλύσων παρῆν.
εἷς γάρ τις ἦν ἕκαστος οὑξειργασμένος,
κοὐδεὶς ἐναργής, ἀλλ' ἔφευγε μὴ εἰδέναι.
ἦμεν δ' ἑτοῖμοι καὶ μύδρους αἴρειν χεροῖν,
265 καὶ πῦρ διέρπειν, καὶ θεοὺς ὁρκωμοτεῖν
τὸ μήτε δρᾶσαι μήτε τῳ ξυνειδέναι
τὸ πρᾶγμα βουλεύσαντι μήτ' εἰργασμένῳ.
τέλος δ' ὅτ' οὐδὲν ἦν ἐρευνῶσιν πλέον,
λέγει τις εἷς, ὃς πάντας ἐς πέδον κάρα
270 νεῦσαι φόβῳ προὔτρεψεν· οὐ γὰρ εἴχομεν
οὔτ' ἀντιφωνεῖν οὔθ' ὅπως δρῶντες καλῶς
πράξαιμεν. ἦν δ' ὁ μῦθος ὡς ἀνοιστέον
σοὶ τοὔργον εἴη τοῦτο κοὐχὶ κρυπτέον.
καὶ ταῦτ' ἐνίκα, κἀμὲ τὸν δυσδαίμονα
275 πάλος καθαιρεῖ τοῦτο τἀγαθὸν λαβεῖν.
πάρειμι δ' ἄκων οὐχ ἑκοῦσιν, οἶδ' ὅτι·
στέργει γὰρ οὐδεὶς ἄγγελον κακῶν ἐπῶν.

ΧΟΡΟΣ

ἄναξ, ἐμοί τοι μή τι καὶ θεήλατον
τοὔργον τόδ' ἡ ξύννοια βουλεύει πάλαι.

ΚΡΕΩΝ

280 παῦσαι, πρὶν ὀργῆς καί με μεστῶσαι λέγων,
μὴ 'φευρεθῇς ἄνους τε καὶ γέρων ἅμα.
λέγεις γὰρ οὐκ ἀνεκτὰ δαίμονας λέγων
πρόνοιαν ἴσχειν τοῦδε τοῦ νεκροῦ πέρι.
πότερον ὑπερτιμῶντες ὡς εὐεργέτην
285 ἔκρυπτον αὐτόν, ὅστις ἀμφικίονας
ναοὺς πυρώσων ἦλθε κἀναθήματα
καὶ γῆν ἐκείνων καὶ νόμους διασκεδῶν;
ἢ τοὺς κακοὺς τιμῶντας εἰσορᾷς θεούς;
οὐκ ἔστιν. ἀλλὰ ταῦτα καὶ πάλαι πόλεως

em bordoadas, sem quem impedisse,
cada um para o outro era o malfeitor,
sem flagrante, alegava-se ignorância.
Dispúnhamos a pegar ferro em brasa,
265 caminhar no fogo, jurar pelos Deuses
não ter feito nem saber quem teria
planejado e executado o malfeito.
Por fim, já esgotados os recursos,
alguém diz algo que levou todos
270 a curvar de pavor a cara ao chão,
pois não tínhamos como refutar
nem como agindo faríamos bem.
A fala era que o feito devia ser
reportado a ti e não ser ocultado.
275 Por mau Nume obtive esse bem.
Eis-me invito ante invitos, sei:
não se ama núncio de más novas.

CORO

Ó rei, talvez tenha toque divino
o feito, a longa reflexão opina.

CREONTE

280 Para, antes que me farte tua fala!
Não te mostres tolo e velho junto!
Tu dizes algo intolerável ao dizer
que Numes cuidam desse morto.
Com as honras como a benfeitor
285 sepultam esse que veio queimar
templos colunados e oferendas
e destruir a terra deles e as leis?
Vês Deuses honrarem os maus?
Nunca! Mas varões ora renitentes

290 ἄνδρες μόλις φέροντες ἐρρόθουν ἐμοί
κρυφῇ, κάρα σείοντες, οὐδ᾽ ὑπὸ ζυγῷ
λόφον δικαίως εἶχον, ὡς στέργειν ἐμέ.
ἐκ τῶνδε τούτους ἐξεπίσταμαι καλῶς
παρηγμένους μισθοῖσιν εἰργάσθαι τάδε.
295 οὐδὲν γὰρ ἀνθρώποισιν οἷον ἄργυρος
κακὸν νόμισμ᾽ ἔβλαστε· τοῦτο καὶ πόλεις
πορθεῖ, τόδ᾽ ἄνδρας ἐξανίστησιν δόμων·
τόδ᾽ ἐκδιδάσκει καὶ παραλλάσσει φρένας
χρηστὰς πρὸς αἰσχρὰ πράγμαθ᾽ ἵστασθαι βροτῶν·
300 πανουργίας δ᾽ ἔδειξεν ἀνθρώποις ἔχειν
καὶ παντὸς ἔργου δυσσέβειαν εἰδέναι.
ὅσοι δὲ μισθαρνοῦντες ἤνυσαν τάδε,
χρόνῳ ποτ᾽ ἐξέπραξαν ὡς δοῦναι δίκην.
ἀλλ᾽ εἴπερ ἴσχει Ζεὺς ἔτ᾽ ἐξ ἐμοῦ σέβας,
305 εὖ τοῦτ᾽ ἐπίστασ᾽, ὅρκιος δέ σοι λέγω,
εἰ μὴ τὸν αὐτόχειρα τοῦδε τοῦ τάφου
εὑρόντες ἐκφανεῖτ᾽ ἐς ὀφθαλμοὺς ἐμούς,
οὐχ ὑμὶν Ἅιδης μοῦνος ἀρκέσει, πρὶν ἂν
ζῶντες κρεμαστοὶ τήνδε δηλώσηθ᾽ ὕβριν,
310 ἵν᾽ εἰδότες τὸ κέρδος ἔνθεν οἰστέον
τὸ λοιπὸν ἁρπάζητε, καὶ μάθηθ᾽ ὅτι
οὐκ ἐξ ἅπαντος δεῖ τὸ κερδαίνειν φιλεῖν.
ἐκ τῶν γὰρ αἰσχρῶν λημμάτων τοὺς πλείονας
ἀτωμένους ἴδοις ἂν ἢ σεσωμένους.

ΦΥΛΑΞ
315 εἰπεῖν τι δώσεις, ἢ στραφεὶς οὕτως ἴω;

ΚΡΕΩΝ
οὐκ οἶσθα καὶ νῦν ὡς ἀνιαρῶς λέγεις;

ΦΥΛΑΞ
ἐν τοῖσιν ὠσὶν ἢ 'πὶ τῇ ψυχῇ δάκνῃ;

290 na cidade rosnavam contra mim
ocultos meneando a cabeça e não
submissos ao jugo a me agradar.
Por eles, esses, seduzidos a soldo,
bem o reconheço, cometeram isso.
295 Nenhuma norma entre os homens
brota má como a prata. Ela perde
as urbes, ela retira varões de casa,
ela instrui e transforma os espíritos
honestos em opróbrios de mortais,
300 ensina os homens a ser perverso
e fazer toda forma da impiedade.
Todo mercenário que age assim
em tempo termina tendo justiça.
Mas se Zeus tem o meu respeito,
305 sabe tu, e digo-te sob juramento,
se desse funeral não descobrirdes
o autor e não puserdes ante mim,
Hades só não vos bastará, antes
vivos na forca direis esse ultraje,
310 para que cientes donde ter lucro
roubeis no porvir e saibais que
não se deve buscar lucro em tudo.
Por infames ganhos mais se pode
ver gente em erronia do que salva.

GUARDA

315 Poderei falar, ou viro-me e vou?

CREONTE

Não sabes que tua fala me aflige?

GUARDA

Morde-te nos ouvidos ou na alma?

ΚΡΕΩΝ
    τί δὲ ῥυθμίζεις τὴν ἐμὴν λύπην ὅπου;

ΦΥΛΑΞ
    ὁ δρῶν σ' ἀνιᾷ τὰς φρένας, τὰ δ' ὦτ' ἐγώ.

ΚΡΕΩΝ
320 οἴμ' ὡς λάλημα, δῆλον, ἐκπεφυκὸς εἶ.

ΦΥΛΑΞ
    οὔκουν τό γ' ἔργον τοῦτο ποιήσας ποτέ.

ΚΡΕΩΝ
    καὶ ταῦτ' ἐπ' ἀργύρῳ γε τὴν ψυχὴν προδούς.

ΦΥΛΑΞ
    φεῦ·
    ἦ δεινὸν, ᾧ δοκεῖ γε, καὶ ψευδῆ δοκεῖν.

ΚΡΕΩΝ
    κόμψευέ νυν τὴν δόξαν· εἰ δὲ ταῦτα μὴ
325 φανεῖτέ μοι τοὺς δρῶντας, ἐξερεῖθ' ὅτι
    τὰ δειλὰ κέρδη πημονὰς ἐργάζεται.

ΦΥΛΑΞ
    ἀλλ' εὑρεθείη μὲν μάλιστ'· ἐὰν δέ τοι
    ληφθῇ τε καὶ μή, τοῦτο γὰρ τύχη κρινεῖ,
    οὐκ ἔσθ' ὅπως ὄψῃ σὺ δεῦρ' ἐλθόντα με.
330 καὶ νῦν γὰρ ἐκτὸς ἐλπίδος γνώμης τ' ἐμῆς
    σωθεὶς ὀφείλω τοῖς θεοῖς πολλὴν χάριν.

CREONTE
Por que situas onde é a minha dor?

GUARDA
O autor te fere a alma, eu, ouvidos.

CREONTE
320 *Oímoi!* Que loquaz te mostras ser!

GUARDA
Não, afinal, o autor daquele delito.

CREONTE
E isso tendo por prata dado a alma.

GUARDA
Pheû!
Terrível é a opinião se opina falso.

CREONTE
Enfeita a opinião: se não puserdes
325 ante mim os autores disso, direis
que lucros vis produzem tormentos.

GUARDA
Que se descubra! Se será pego
ou não, isso a sorte decidirá,
não há como tu me vires cá.
330 Agora inesperado e inopinado
salvo devo graças aos Deuses.

ΧΟΡΟΣ

{STR. 1} πολλὰ τὰ δεινὰ κοὐδὲν ἀνθρώπου δεινότερον πέλει·
τοῦτο καὶ πολιοῦ πέραν
335 πόντου χειμερίῳ νότῳ
χωρεῖ, περιβρυχίοισιν
περῶν ὑπ' οἴδμασιν, θεῶν
τε τὰν ὑπερτάταν, Γᾶν
ἄφθιτον, ἀκαμάταν, ἀποτρύεται,
340 ἰλλομένων ἀρότρων ἔτος εἰς ἔτος,
ἱππείῳ γένει πολεύων.

{ANT. 1} κουφονόων τε φῦλον ὀρνίθων ἀμφιβαλὼν ἄγει
καὶ θηρῶν ἀγρίων ἔθνη
345 πόντου τ' εἰναλίαν φύσιν
σπείραισι δικτυοκλώστοις,
περιφραδὴς ἀνήρ· κρατεῖ
δὲ μηχαναῖς ἀγραύλου
350 θηρὸς ὀρεσσιβάτα, λασιαύχενά θ'
ἵππον ὀχμάζεται ἀμφὶ λόφον ζυγῷ
οὔρειόν τ' ἀκμῆτα ταῦρον.

{STR. 2} καὶ φθέγμα καὶ ἀνεμόεν φρόνημα καὶ ἀστυνόμους
356 ὀργὰς ἐδιδάξατο καὶ δυσαύλων
πάγων ὑπαίθρεια καὶ
δύσομβρα φεύγειν βέλη
360 παντοπόρος· ἄπορος ἐπ' οὐδὲν ἔρχεται
τὸ μέλλον· Ἅιδα μόνον
φεῦξιν οὐκ ἐπάξεται·
νόσων δ' ἀμηχάνων φυγὰς
364 ξυμπέφρασται.

PRIMEIRO ESTÁSIMO (332-375)

CORO

EST. 1   Muitos os terrores e nenhum
mais terrível do que o homem.
Ele além do mar grisalho
335   vai ao vento tempestuoso
através dos vagalhões
fragorosos e extenua
a suprema dos Deuses
Terra imortal infatigável
340   volvendo ano após ano
o arado com o equino.

ANT. 1   Ele circunda e captura
o bando de aves leves,
a grei de feras agrestes
345   e a salina fauna marinha
nas dobras urdidas da rede,
prudente varão: domina
com perícia a selvagem
350   fera montesa, mantém
crinudo equino sob jugo
e indômito touro montês.

EST. 2   Aprendeu a palavra, tino
356   volátil, urbanas maneiras,
a fuga da inóspita geada
do céu e das intempéries,
360   multívio; ínvio a nenhum
porvir vai. Só de Hades
não saberá fugir;
dos males impossíveis
364   descobriu a fuga.

{ΑΝΤ. 2.}   σοφόν τι τὸ μηχανόεν τέχνας ὑπὲρ ἐλπίδ' ἔχων
τοτὲ μὲν κακόν, ἄλλοτ' ἐπ' ἐσθλὸν ἕρπει.
νόμους παρείρων χθονὸς
θεῶν τ' ἔνορκον δίκαν
370   ὑψίπολις· ἄπολις ὅτῳ τὸ μὴ καλὸν
ξύνεστι τόλμας χάριν.
μήτ' ἐμοὶ παρέστιος
γένοιτο μήτ' ἴσον φρονῶν
375   ὃς τάδ' ἔρδοι.

ANT. 2   Hábil em arte além da conta
         ele vai ora mal, ora bem.
         Ao honrar as leis da terra
         e jurada Justiça dos Deuses,
370   alto na urbe; sem urbe se
         por audácia for sem bem.
         Não seja meu conviva
         nem pense igual a mim
375   quem age assim!

ΧΟΡΟΣ
  εἰ δαιμόνιον τέρας ἀμφινοῶ
  τόδε· πῶς ⟨δ'⟩ εἰδὼς ἀντιλογήσω
  τήνδ' οὐκ εἶναι παῖδ' Ἀντιγόνην;
  ὦ δύστηνος καὶ δυστήνου
380 πατρὸς Οἰδιπόδα,
  τί ποτ'; οὐ δή που σέ γ' ἀπιστοῦσαν
  τοῖς βασιλείοις ἀπάγουσι νόμοις
  καὶ ἐν ἀφροσύνῃ καθελόντες;

ΦΥΛΑΞ
  ἥδ' ἔστ' ἐκείνη τοὔργον ἡ 'ξειργασμένη·
385 τήνδ' εἵλομεν θάπτουσαν. ἀλλὰ ποῦ Κρέων;

ΧΟΡΟΣ
  ὅδ' ἐκ δόμων ἄψορρος ἐς δέον περᾷ.

ΚΡΕΩΝ
  τί δ' ἔστι; ποίᾳ ξύμμετρος προὔβην τύχῃ;

ΦΥΛΑΞ
  ἄναξ, βροτοῖσιν οὐδέν ἐστ' ἀπώμοτον.
  ψεύδει γὰρ ἡ 'πίνοια τὴν γνώμην· ἐπεὶ
390 σχολῇ ποθ' ἥξειν δεῦρ' ἂν ἐξηύχουν ἐγὼ
  ταῖς σαῖς ἀπειλαῖς, αἷς ἐχειμάσθην τότε.
  ἀλλ' ἡ γὰρ εὐκτὸς καὶ παρ' ἐλπίδας χαρὰ
  ἔοικεν ἄλλῃ μῆκος οὐδὲν ἡδονῇ,
  ἥκω, δι' ὅρκων καίπερ ὢν ἀπώμοτος,
395 κόρην ἄγων τήνδ', ἣ καθῃρέθη τάφον
  κοσμοῦσα. κλῆρος ἐνθάδ' οὐκ ἐπάλλετο,
  ἀλλ' ἔστ' ἐμὸν θοὔρμαιον, οὐκ ἄλλου, τόδε.

SEGUNDO EPISÓDIO (376-581)

CORO
      Ante este numinoso portento
      hesito. Ao vê-la, como negar
      ser ela a jovem Antígona?
      Ó infausta do infausto
380 pai Édipo,
      por quê? Não te conduzem
      desobediente às leis do rei
      surpreendida na demência?

GUARDA
      Esta é aquela que executou a façanha,
385 presa ao sepultar. Mas onde Creonte?

CORO
      Ele a propósito sai de casa outra vez.

CREONTE
      Que há? Por que sorte vim oportuno?

GUARDA
      Ó rei, juras de mortais nada podem,
      outro plano refuta resolução, pois
390 eu pretendia nunca mais vir aqui,
      tão perturbado pelas tuas ameaças,
      mas contra e além da expectativa
      a alegria sobrepuja outro prazer,
      vim, ainda que impedido por jura,
395 trazendo esta moça surpreendida
      ao sepultar. Agora sem o sorteio,
      este achado é meu, não de outro.

καὶ νῦν, ἄναξ, τήνδ' αὐτός, ὡς θέλεις, λαβὼν
καὶ κρῖνε κἀξέλεγχ'· ἐγὼ δ' ἐλεύθερος
400   δίκαιός εἰμι τῶνδ' ἀπηλλάχθαι κακῶν.

ΚΡΕΩΝ
ἄγεις δὲ τήνδε τῷ τρόπῳ πόθεν λαβών;

ΦΥΛΑΞ
αὐτὴ τὸν ἄνδρ' ἔθαπτε· πάντ' ἐπίστασαι.

ΚΡΕΩΝ
ἦ καὶ ξυνίης καὶ λέγεις ὀρθῶς ἃ φής;

ΦΥΛΑΞ
ταύτην γ' ἰδὼν θάπτουσαν ὃν σὺ τὸν νεκρὸν
405   ἀπεῖπας. ἆρ' ἔνδηλα καὶ σαφῆ λέγω;

ΚΡΕΩΝ
καὶ πῶς ὁρᾶται κἀπίληπτος ᾑρέθη;

ΦΥΛΑΞ
τοιοῦτον ἦν τὸ πρᾶγμ'. ὅπως γὰρ ἥκομεν,
πρὸς σοῦ τὰ δείν' ἐκεῖν' ἐπηπειλημένοι,
πᾶσαν κόνιν σήραντες ἣ κατεῖχε τὸν
410   νέκυν, μυδῶν τε σῶμα γυμνώσαντες εὖ,
καθήμεθ' ἄκρων ἐκ πάγων ὑπήνεμοι,
ὀσμὴν ἀπ' αὐτοῦ μὴ βάλῃ πεφευγότες,
ἐγερτὶ κινῶν ἄνδρ' ἀνὴρ ἐπιρρόθοις
κακοῖσιν, εἴ τις τοῦδ' ἀφειδήσοι πόνου.
415   χρόνον τάδ' ἦν τοσοῦτον, ἔστ' ἐν αἰθέρι
μέσῳ κατέστη λαμπρὸς ἡλίου κύκλος
καὶ καῦμ' ἔθαλπε· καὶ τότ' ἐξαίφνης χθονὸς
τυφὼς ἀγείρας σκηπτόν, οὐράνιον ἄχος,

Ei-la, ó rei, como queiras, toma,
discerne e examina. É justo que
400 liberado eu me retire destes males.

CREONTE

Como e donde a conduzes presa?

GUARDA

Ela sepultava o varão, sabes tudo.

CREONTE

Entendes e dizes bem o que dizes?

GUARDA

Eu a vi sepultar o morto sob a tua
405 interdição. Eu falo claro e correto?

CREONTE

Como foi vista e pega em flagrante?

GUARDA

Assim se deu o fato. Ao chegarmos,
tocados por tuas terríveis ameaças,
limpamos toda a poeira que cobria
410 o morto, e despido o pútrido corpo,
ficamos nas altas pedras sem vento
abrigados para não nos bater o odor.
Vígil varão a mover varão com vis
vitupérios, se descuidasse do labor.
415 Isso foi tanto tempo até que no meio
do céu estivesse claro disco do Sol
e o calor ardesse, aí súbito do chão
turbilhão com raio, tormenta celeste,

πίμπλησι πεδίον, πᾶσαν αἰκίζων φόβην
420 ὕλης πεδιάδος, ἐν δ' ἐμεστώθη μέγας
αἰθήρ· μύσαντες δ' εἴχομεν θείαν νόσον.
καὶ τοῦδ' ἀπαλλαγέντος ἐν χρόνῳ μακρῷ,
ἡ παῖς ὁρᾶται κἀνακωκύει πικρῶς
ὄρνιθος ὀξὺν φθόγγον, ὡς ὅταν κενῆς
425 εὐνῆς νεοσσῶν ὀρφανὸν βλέψῃ λέχος·
οὕτω δὲ χαὔτη, ψιλὸν ὡς ὁρᾷ νέκυν,
γόοισιν ἐξώμωξεν, ἐκ δ' ἀρὰς κακὰς
ἠρᾶτο τοῖσι τοὔργον ἐξειργασμένοις.
καὶ χερσὶν εὐθὺς διψίαν φέρει κόνιν,
430 ἔκ τ' εὐκροτήτου χαλκέας ἄρδην πρόχου
χοαῖσι τρισπόνδοισι τὸν νέκυν στέφει.
χἠμεῖς ἰδόντες ἱέμεσθα, σὺν δέ νιν
θηρώμεθ' εὐθὺς οὐδὲν ἐκπεπληγμένην,
καὶ τάς τε πρόσθεν τάς τε νῦν ἠλέγχομεν
435 πράξεις· ἄπαρνος δ' οὐδενὸς καθίστατο,
ἅμ' ἡδέως ἔμοιγε κἀλγεινῶς ἅμα.
τὸ μὲν γὰρ αὐτὸν ἐκ κακῶν πεφευγέναι
ἥδιστον, ἐς κακὸν δὲ τοὺς φίλους ἄγειν
ἀλγεινόν. ἀλλὰ πάντα ταῦθ' ἥσσω λαβεῖν
440 ἐμοὶ πέφυκεν τῆς ἐμῆς σωτηρίας.

ΚΡΕΩΝ
σὲ δή, σὲ τὴν νεύουσαν ἐς πέδον κάρα,
φῄς, ἢ καταρνῇ μὴ δεδρακέναι τάδε;

ΑΝΤΙΓΟΝΗ
καὶ φημὶ δρᾶσαι κοὐκ ἀπαρνοῦμαι τὸ μή.

ΚΡΕΩΝ
σὺ μὲν κομίζοις ἂν σεαυτὸν ᾗ θέλεις
445 ἔξω βαρείας αἰτίας ἐλεύθερον·

enche a planície, ferindo toda fronde
420 do bosque do plaino e ocupa o vasto
céu, fechamos olhos ao furor divino.
Ao se afastar isso após longo tempo,
a moça é vista e deplora com áspero
grito agudo de ave, ao ver no ermo
425 do leito o ninho órfão dos filhotes.
Assim fez ela, ao ver o morto limpo
soltou gemidos e por más pragas
imprecou contra quem fez o feito.
Logo traz nas mãos árida poeira
430 e do bem forjado jarro de bronze
coroa o morto com três libações
e nós, ao ver, corremos e juntos
logo a prendemos, imperturbada,
nós a acusamos das ações, antiga
435 e recente, ela não negou nenhuma,
para meu prazer e meu desgosto,
pois pôr-se ao abrigo dos males
dá prazer, levar o mal aos nossos,
desgosto. Mas tudo isso aprecio
440 menos que estar eu mesmo salvo.

CREONTE
Tu, de rosto voltado para o chão,
afirmas ou negas ter feito isso?

ANTÍGONA
Afirmo que o fiz e não o nego.

CREONTE
Tu te conduzirias aonde quisesses
445 isento da grave acusação, livre.

σὺ δ' εἰπέ μοι μὴ μῆκος, ἀλλὰ συντόμως,
ᾔδησθα κηρυχθέντα μὴ πράσσειν τάδε;

ΑΝΤΙΓΟΝΗ
ᾔδη· τί δ' οὐκ ἔμελλον; ἐμφανῆ γὰρ ἦν.

ΚΡΕΩΝ
καὶ δῆτ' ἐτόλμας τούσδ' ὑπερβαίνειν νόμους;

ΑΝΤΙΓΟΝΗ
450 οὐ γάρ τί μοι Ζεὺς ἦν ὁ κηρύξας τάδε,
οὐδ' ἡ ξύνοικος τῶν κάτω θεῶν Δίκη
τοιούσδ' ἐν ἀνθρώποισιν ὥρισεν νόμους,
οὐδὲ σθένειν τοσοῦτον ᾠόμην τὰ σὰ
κηρύγμαθ' ὥστ' ἄγραπτα κἀσφαλῆ θεῶν
455 νόμιμα δύνασθαι θνητά γ' ὄνθ' ὑπερδραμεῖν.
οὐ γάρ τι νῦν γε κἀχθές, ἀλλ' ἀεί ποτε
ζῇ ταῦτα, κοὐδεὶς οἶδεν ἐξ ὅτου 'φάνη.
τούτων ἐγὼ οὐκ ἔμελλον, ἀνδρὸς οὐδενὸς
φρόνημα δείσασ', ἐν θεοῖσι τὴν δίκην
460 δώσειν· θανουμένη γὰρ ἐξῄδη, τί δ' οὔ;
κεἰ μὴ σὺ προὐκήρυξας. εἰ δὲ τοῦ χρόνου
πρόσθεν θανοῦμαι, κέρδος αὔτ' ἐγὼ λέγω.
ὅστις γὰρ ἐν πολλοῖσιν ὡς ἐγὼ κακοῖς
ζῇ, πῶς ὅδ' οὐχὶ κατθανὼν κέρδος φέρει;
465 οὕτως ἔμοιγε τοῦδε τοῦ μόρου τυχεῖν
παρ' οὐδὲν ἄλγος· ἀλλ' ἄν, εἰ τὸν ἐξ ἐμῆς
μητρὸς θανόντ' ἄθαπτον ⟨ὄντ'⟩ ἠνεσχόμην,
κείνοις ἂν ἤλγουν· τοῖσδε δ' οὐκ ἀλγύνομαι.
σοὶ δ' εἰ δοκῶ νῦν μῶρα δρῶσα τυγχάνειν,
470 σχεδόν τι μώρῳ μωρίαν ὀφλισκάνω.

ΧΟΡΟΣ
δῆλον· τὸ γέννημ' ὠμὸν ἐξ ὠμοῦ πατρὸς
τῆς παιδός· εἴκειν δ' οὐκ ἐπίσταται κακοῖς.

Dize-me tu sem delonga e breve:
conhecias o édito da interdição?

ANTÍGONA

Conhecia, como não? Era público.

CREONTE

Então ousaste transgredir as leis?

ANTÍGONA

450 Não foi Zeus quem as proclamou
nem Justiça junto aos Deuses ínferos
definiu entre os homens tais leis,
nem pensava ter tanto poder o teu
édito que sendo mortal sobrepujasse
455 leis dos Deuses inscritas inabaláveis.
Elas nem hoje nem ontem mas sempre
vivem e não se sabe donde surgiram.
Não por temor de intento de varão
eu prestaria contas disso aos Deuses,
460 pois sabia que morrerei, como não?,
ainda que sem o teu édito. Se antes
do tempo morrerei, considero lucro.
Quem como eu entre muitos males
vive, como não tem lucro se morre?
465 Assim me parece que ter esta sorte
não é dor, mas se tolerasse deixar
insepulto o morto de minha mãe,
isso doeria, mas isto não me dói.
Se agora te parece que faço tolice,
470 talvez para o tolo incorro em tolice.

CORO

Claro, a criatura dura de duro pai
da filha: não sabe ceder aos males.

ΚΡΕΩΝ
    ἀλλ᾽ ἴσθι τοι τὰ σκλήρ᾽ ἄγαν φρονήματα
    πίπτειν μάλιστα, καὶ τὸν ἐγκρατέστατον
475 σίδηρον ὀπτὸν ἐκ πυρὸς περισκελῆ
    θραυσθέντα καὶ ῥαγέντα πλεῖστ᾽ ἂν εἰσίδοις.
    σμικρῷ χαλινῷ δ᾽ οἶδα τοὺς θυμουμένους
    ἵππους καταρτυθέντας· οὐ γὰρ ἐκπέλει
    φρονεῖν μέγ᾽ ὅστις δοῦλός ἐστι τῶν πέλας.
480 αὕτη δ᾽ ὑβρίζειν μὲν τότ᾽ ἐξηπίστατο,
    νόμους ὑπερβαίνουσα τοὺς προκειμένους·
    ὕβρις δ᾽, ἐπεὶ δέδρακεν, ἥδε δευτέρα,
    τούτοις ἐπαυχεῖν καὶ δεδρακυῖαν γελᾶν.
    ἦ νῦν ἐγὼ μὲν οὐκ ἀνήρ, αὕτη δ᾽ ἀνήρ,
485 εἰ ταῦτ᾽ ἀνατεὶ τῇδε κείσεται κράτη.
    ἀλλ᾽ εἴτ᾽ ἀδελφῆς εἴθ᾽ ὁμαιμονεστέρα
    τοῦ παντὸς ἡμῖν Ζηνὸς ἑρκείου κυρεῖ,
    αὐτή τε χἠ ξύναιμος οὐκ ἀλύξετον
    μόρου κακίστου· καὶ γὰρ οὖν κείνην ἴσον
490 ἐπαιτιῶμαι τοῦδε βουλεῦσαι τάφου.
    καί νιν καλεῖτ᾽· ἔσω γὰρ εἶδον ἀρτίως
    λυσσῶσαν αὐτὴν οὐδ᾽ ἐπήβολον φρενῶν.
    φιλεῖ δ᾽ ὁ θυμὸς πρόσθεν ᾑρῆσθαι κλοπεὺς
    τῶν μηδὲν ὀρθῶς ἐν σκότῳ τεχνωμένων.
495 μισῶ γε μέντοι χὥταν ἐν κακοῖσί τις
    ἁλοὺς ἔπειτα τοῦτο καλλύνειν θέλῃ.

ΑΝΤΙΓΟΝΗ
    θέλεις τι μεῖζον ἢ κατακτεῖναί μ᾽ ἑλών;

ΚΡΕΩΝ
    ἐγὼ μὲν οὐδέν· τοῦτ᾽ ἔχων ἅπαντ᾽ ἔχω.

ΑΝΤΙΓΟΝΗ
    τί δῆτα μέλλεις; ὡς ἐμοὶ τῶν σῶν λόγων

CREONTE

    Mas sabe: os espíritos muito rígidos
    mais desabam, e o ferro mais forte
475 forjado no fogo com mais rigidez
    mais se mostra partido e quebrado.
    Sei que se domam furiosos cavalos
    com freio pequeno: não se permite
    ser soberbo quem é servo de outrem.
480 Ela afinal soube cometer o ultraje
    de transgredir as leis estabelecidas.
    Tendo feito, este segundo ultraje
    é ufanar-se disso e rir do que fez.
    Sim, varão não sou eu, varão é ela,
485 se couber a ela impune esse poder.
    Mas se da irmã, ou se mais parentes
    nossas do que todo o Zeus familiar,
    ambas, ela e sua irmã, não evitarão
    a pior morte, pois àquela igualmente
490 acuso de ter planejado esse funeral.
    Também a chamai, há pouco a vi
    dentro delirante e não em seu juízo.
    O ímpeto furtivo sói trair-se antes,
    se na sombra conspira sem retidão.
495 Odeio, porém, se flagrado no mal
    alguém quer então gloriar-se disso.

ANTÍGONA

    Queres mais que me matar presa?

CREONTE

    Nada mais; ao ter isso, tenho tudo.

ANTÍGONA

    Por que tardas? Nada que me digas

500   ἀρεστὸν οὐδέν, μηδ' ἀρεσθείη ποτέ,
      οὕτω δὲ καὶ σοὶ τἄμ' ἀφανδάνοντ' ἔφυ.
      καίτοι πόθεν κλέος γ' ἂν εὐκλεέστερον
      κατέσχον ἢ τὸν αὐτάδελφον ἐν τάφῳ
      τιθεῖσα; τούτοις τοῦτο πᾶσιν ἁνδάνειν
505   λέγοιμ' ἄν, εἰ μὴ γλῶσσαν ἐγκλῄοι φόβος.
      ἀλλ' ἡ τυραννὶς πολλά τ' ἄλλ' εὐδαιμονεῖ
      κἄξεστιν αὐτῇ δρᾶν λέγειν θ' ἃ βούλεται.

ΚΡΕΩΝ
      σὺ τοῦτο μούνη τῶνδε Καδμείων ὁρᾷς.

ΑΝΤΙΓΟΝΗ
      ὁρῶσι χοὖτοι· σοὶ δ' ὑπίλλουσι στόμα.

ΚΡΕΩΝ
510   σὺ δ' οὐκ ἐπαιδῇ, τῶνδε χωρὶς εἰ φρονεῖς;

ΑΝΤΙΓΟΝΗ
      οὐδὲν γὰρ αἰσχρὸν τοὺς ὁμοσπλάγχνους σέβειν.

ΚΡΕΩΝ
      οὔκουν ὅμαιμος χὠ καταντίον θανών;

ΑΝΤΙΓΟΝΗ
      ὅμαιμος ἐκ μιᾶς τε καὶ ταὐτοῦ πατρός.

ΚΡΕΩΝ
      πῶς δῆτ' ἐκείνῳ δυσσεβῆ τιμᾷς χάριν;

ΑΝΤΙΓΟΝΗ
515   οὐ μαρτυρήσει ταῦθ' ὁ κατθανὼν νέκυς.

ΚΡΕΩΝ
      εἴ τοί σφε τιμᾷς ἐξ ἴσου τῷ δυσσεβεῖ.

500   é agradável e nunca me seja grato,
      tal qual minha palavra te desagrada.
      Mas onde teria mais gloriosa glória
      que ao sepultar meu próprio irmão?
      Eu diria que todos aprovariam isto
505   se o terror não lhes travasse a língua.
      Mas a realeza tem muitas vantagens
      como a de dizer e fazer o que quer.

CREONTE
Dos cadmeus só tu vês desse modo.

ANTÍGONA
Veem, mas por ti dobram a língua.

CREONTE
510   Não tens pudor de pensar diverso?

ANTÍGONA
Nenhum pudor de honrar o irmão.

CREONTE
Não era irmão o adversário morto?

ANTÍGONA
Irmão por única mãe e mesmo pai.

CREONTE
Como honras um, ímpia ao outro?

ANTÍGONA
515   Não dará esse testemunho o morto.

CREONTE
Se lhe dás honras iguais ao ímpio.

ΑΝΤΙΓΟΝΗ
    οὐ γάρ τι δοῦλος, ἀλλ' ἀδελφὸς ὤλετο.

ΚΡΕΩΝ
    πορθῶν δὲ τήνδε γῆν· ὁ δ' ἀντιστὰς ὕπερ.

ΑΝΤΙΓΟΝΗ
    ὅμως ὅ γ' Ἅιδης τοὺς νόμους τούτους ποθεῖ.

ΚΡΕΩΝ
520 ἀλλ' οὐχ ὁ χρηστὸς τῷ κακῷ λαχεῖν ἴσος.

ΑΝΤΙΓΟΝΗ
    τίς οἶδεν εἰ κάτω 'στιν εὐαγῆ τάδε;

ΚΡΕΩΝ
    οὔτοι ποθ' οὑχθρός, οὐδ' ὅταν θάνῃ, φίλος.

ΑΝΤΙΓΟΝΗ
    οὔτοι συνέχθειν, ἀλλὰ συμφιλεῖν ἔφυν.

ΚΡΕΩΝ
    κάτω νυν ἐλθοῦσ', εἰ φιλητέον, φίλει
525 κείνους· ἐμοῦ δὲ ζῶντος οὐκ ἄρξει γυνή.

ΧΟΡΟΣ
    καὶ μὴν πρὸ πυλῶν ἥδ' Ἰσμήνη,
    φιλάδελφα κάτω δάκρυ' εἰβομένη·
    νεφέλη δ' ὀφρύων ὕπερ αἱματόεν
    ῥέθος αἰσχύνει,
530 τέγγουσ' εὐῶπα παρειάν.

ΚΡΕΩΝ
    σὺ δ', ἣ κατ' οἴκους ὡς ἔχιδν' ὑφειμένη

ANTÍGONA

    Não sucumbiu servo, mas irmão.

CREONTE

    Um contra, outro em prol da terra.

ANTÍGONA

    Hades, todavia, deseja estas leis.

CREONTE

520 Mas não o bom obter igual ao mau.

ANTÍGONA

    Quem sabe se embaixo isto é santo.

CREONTE

    Inimigo nunca, nem morto, é amigo.

ANTÍGONA

    Não sou pelo ódio, mas pelo amor.

CREONTE

    Se deves amar, ama-os lá embaixo!
525 Comigo vivo, mulher não governa.

CORO

    Eis diante das portas Ismena
    por sua irmã vertendo pranto;
    uma nuvem sobre a fronte
    enfeia a face sanguínea
530 molhando o belo rosto.

CREONTE

    Tu, insinuada em casa qual víbora

λήθουσά μ' ἐξέπινες, οὐδ' ἐμάνθανον
τρέφων δύ' ἄτα κἀπαναστάσεις θρόνων,
φέρ', εἰπὲ δή μοι, καὶ σὺ τοῦδε τοῦ τάφου
φήσεις μετασχεῖν, ἢ 'ξομῇ τὸ μὴ εἰδέναι;

ΙΣΜΗΝΗ

δέδρακα τοὔργον, εἴπερ ἥδ' ὁμορροθεῖ,
καὶ ξυμμετίσχω καὶ φέρω τῆς αἰτίας.

ΑΝΤΙΓΟΝΗ

ἀλλ' οὐκ ἐάσει τοῦτό γ' ἡ δίκη σ', ἐπεὶ
οὔτ' ἠθέλησας οὔτ' ἐγὼ 'κοινωσάμην.

ΙΣΜΗΝΗ

ἀλλ' ἐν κακοῖς τοῖς σοῖσιν οὐκ αἰσχύνομαι
ξύμπλουν ἐμαυτὴν τοῦ πάθους ποιουμένη.

ΑΝΤΙΓΟΝΗ

ὧν τοὔργον Ἅιδης χοἰ κάτω ξυνίστορες·
λόγοις δ' ἐγὼ φιλοῦσαν οὐ στέργω φίλην.

ΙΣΜΗΝΗ

μήτοι, κασιγνήτη, μ' ἀτιμάσῃς τὸ μὴ οὐ
θανεῖν τε σὺν σοὶ τὸν θανόντα θ' ἁγνίσαι.

ΑΝΤΙΓΟΝΗ

μή 'μοὶ θάνῃς σὺ κοινά, μηδ' ἃ μὴ 'θιγες
ποιοῦ σεαυτῆς. ἀρκέσω θνῄσκουσ' ἐγώ.

ΙΣΜΗΝΗ

καὶ τίς βίου μοι σοῦ λελειμμένῃ πόθος;

ΑΝΤΙΓΟΝΗ

Κρέοντ' ἐρώτα· τοῦδε γὰρ σὺ κηδεμών.

oculta me sugaste e não via nutrir
dupla erronia e subversão do trono,
diz-me, confessarás participação
535   neste funeral ou jurarás ignorância?

ISMENA

Fiz o feito, se ela estiver de acordo,
e compartilho e assumo esta causa.

ANTÍGONA

Mas isso Justiça não te permitirá,
nem tu quiseste nem eu partilhei.

ISMENA

540   Mas nestes teus males não me pejo
de navegar contigo no padecimento.

ANTÍGONA

Quem o fez sabem Hades e os ínferos.
Eu não prezo amiga se ama nas falas.

ISMENA

Não me excluas, irmã, da honra de
545   morrer contigo e consagrar o morto.

ANTÍGONA

Não morras comigo nem tornes teu
o que não tocaste. Basta eu morrer.

ISMENA

Que vida me vale, se me abandonas?

ANTÍGONA

Pergunta a Creonte, dele cuidavas.

ΙΣΜΗΝΗ

550   τί ταῦτ᾽ ἀνιᾷς μ᾽ οὐδὲν ὠφελουμένη;

ΑΝΤΙΓΟΝΗ

ἀλγοῦσα μὲν δῆτ᾽, εἰ γελῶ γ᾽, ἐν σοὶ γελῶ.

ΙΣΜΗΝΗ

τί δῆτ᾽ ἂν ἀλλὰ νῦν σ᾽ ἔτ᾽ ὠφελοῖμ᾽ ἐγώ;

ΑΝΤΙΓΟΝΗ

σῶσον σεαυτήν. οὐ φθονῶ σ᾽ ὑπεκφυγεῖν.

ΙΣΜΗΝΗ

οἴμοι τάλαινα, κἀμπλάκω τοῦ σοῦ μόρου;

ΑΝΤΙΓΟΝΗ

555   σὺ μὲν γὰρ εἵλου ζῆν, ἐγὼ δὲ κατθανεῖν.

ΙΣΜΗΝΗ

ἀλλ᾽ οὐκ ἐπ᾽ ἀρρήτοις γε τοῖς ἐμοῖς λόγοις.

ΑΝΤΙΓΟΝΗ

καλῶς σὺ μὲν τοῖς, τοῖς δ᾽ ἐγὼ ᾽δόκουν φρονεῖν.

ΙΣΜΗΝΗ

καὶ μὴν ἴση νῷν ἐστιν ἡ ᾽ξαμαρτία.

ΑΝΤΙΓΟΝΗ

θάρσει. σὺ μὲν ζῇς, ἡ δ᾽ ἐμὴ ψυχὴ πάλαι
560   τέθνηκεν, ὥστε τοῖς θανοῦσιν ὠφελεῖν.

ΚΡΕΩΝ

τὼ παῖδέ φημι τώδε τὴν μὲν ἀρτίως
ἄνουν πεφάνθαι, τὴν δ᾽ ἀφ᾽ οὗ τὰ πρῶτ᾽ ἔφυ.

ISMENA

550 Por que me afliges sem proveito?

ANTÍGONA

O riso me dói, se eu me rio de ti.

ISMENA

Como, ainda agora, eu te seria útil?

ANTÍGONA

Salva-te, não te nego que te evadas.

ISMENA

Oimoi! Mísera, falho em tua morte?

ANTÍGONA

555 Pois tu escolheste viver, eu, morrer.

ISMENA

Não por minhas palavras não ditas.

ANTÍGONA

Nuns bem pensavas tu, noutros eu.

ISMENA

Para ambas nós o desacerto é igual.

ANTÍGONA

Coragem! Tu vives, mas minha alma
560 já morreu de modo a servir os mortos.

CREONTE

Digo de ambas que uma há pouco
parece louca, a outra, de nascença.

ΙΣΜΗΝΗ
οὐ γάρ ποτ', ὦναξ, οὐδ' ὃς ἂν βλάστῃ μένει
νοῦς τοῖς κακῶς πράσσουσιν, ἀλλ' ἐξίσταται.

ΚΡΕΩΝ
565 σοὶ γοῦν, ὅθ' εἵλου σὺν κακοῖς πράσσειν κακά.

ΙΣΜΗΝΗ
τί γὰρ μόνῃ μοι τῆσδ' ἄτερ βιώσιμον;

ΚΡΕΩΝ
ἀλλ' ἥδε μέντοι – μὴ λέγ'· οὐ γὰρ ἔστ' ἔτι.

ΙΣΜΗΝΗ
ἀλλὰ κτενεῖς νυμφεῖα τοῦ σαυτοῦ τέκνου;

ΚΡΕΩΝ
ἀρώσιμοι γὰρ χἀτέρων εἰσὶν γύαι.

ΙΣΜΗΝΗ
570 οὐχ ὥς γ' ἐκείνῳ τῇδέ τ' ἦν ἡρμοσμένα.

ΚΡΕΩΝ
κακὰς ἐγὼ γυναῖκας υἱέσι στυγῶ.

ΙΣΜΗΝΗ
ὦ φίλταθ' Αἵμων, ὥς σ' ἀτιμάζει πατήρ.

ΚΡΕΩΝ
ἄγαν γε λυπεῖς καὶ σὺ καὶ τὸ σὸν λέχος.

ΙΣΜΗΝΗ
ἦ γὰρ στερήσεις τῆσδε τὸν σαυτοῦ γόνον;

ISMENA
O senso, ó rei, ainda que inato, nunca
permanece nos infortúnios, mas foge.

CREONTE
565 De ti, ao escolher agir mal com maus.

ISMENA
Que bem tenho na vida a sós sem ela?

CREONTE
Mas não me fales dela, não há mais.

ISMENA
Mas matarás a noiva do próprio filho?

CREONTE
Há outras terras para serem lavradas.

ISMENA
570 Não tão bem ajustadas a ele e a ela.

CREONTE
Abomino mulheres más para filhos.

ISMENA
Ó caro Hémon, desmerece-te o pai!

CREONTE
Muito me afliges tu e essas núpcias.

ISMENA
Tu vais tirá-la de teu próprio filho?

ΚΡΕΩΝ
575   Ἅιδης ὁ παύσων τούσδε τοὺς γάμους ἐμοί.

ΙΣΜΗΝΗ
       δεδογμέν', ὡς ἔοικε, τήνδε κατθανεῖν.

ΚΡΕΩΝ
       καὶ σοί γε κἀμοί. μὴ τριβὰς ἔτ', ἀλλά νιν
       κομίζετ' εἴσω, δμῶες· ἐκ δὲ τοῦδε χρὴ
       γυναῖκας εἶναι τάσδε μηδ' ἀνειμένας.
580   φεύγουσι γάρ τοι χοἰ θρασεῖς, ὅταν πέλας
       ἤδη τὸν Ἅιδην εἰσορῶσι τοῦ βίου.

CREONTE

575 Hades findará as núpcias por mim.

ISMENA

Está decidido, parece, a sua morte.

CREONTE

Por ti e por mim! Sem mais tardar,
dentro as levai, servos! Doravante
estas mulheres não estejam soltas,
580 pois até os audazes tentam fugir,
ao virem Hades já perto da vida.

ΧΟΡΟΣ

{STR. 1} εὐδαίμονες οἷσι κακῶν ἄγευστος αἰών.
οἷς γὰρ ἂν σεισθῇ θεόθεν δόμος, ἄτας
585 οὐδὲν ἐλλείπει γενεᾶς ἐπὶ πλῆθος ἕρπον·
ὥστε ποντίας ἁλὸς
οἶδμα δυσπνόοις ὅταν
Θρῄσσησιν ἔρεβος ὕφαλον ἐπιδράμῃ πνοαῖς,
590 κυλίνδει βυσσόθεν
κελαινὰν θῖνα καὶ δυσάνεμοι
στόνῳ βρέμουσιν ἀντιπλῆγες ἀκταί.

{ANT. 1} ἀρχαῖα τὰ Λαβδακιδᾶν οἴκων ὁρῶμαι
595 πήματα φθιμένων ἐπὶ πήμασι πίπτοντ᾽,
οὐδ᾽ ἀπαλλάσσει γενεὰν γένος, ἀλλ᾽ ἐρείπει
θεῶν τις, οὐδ᾽ ἔχει λύσιν.
νῦν γὰρ ἐσχάτας ὕπερ
600 ῥίζας ἐτέτατο φάος ἐν Οἰδίπου δόμοις·
κατ᾽ αὖ νιν φοινία
θεῶν τῶν νερτέρων ἀμᾷ κοπίς,
λόγου τ᾽ ἄνοια καὶ φρενῶν Ἐρινύς.

{STR. 2} τεάν, Ζεῦ, δύνασιν τίς ἀν-
605 δρῶν ὑπερβασία κατάσχοι;
τὰν οὔθ᾽ ὕπνος αἱρεῖ ποθ᾽ ὁ †παντογήρως†
οὔτ᾽ ἀκάματοι θεῶν
μῆνες, ἀγήρως δὲ χρόνῳ δυνάστας
κατέχεις Ὀλύμπου
610 μαρμαρόεσσαν αἴγλαν.
τό τ᾽ ἔπειτα καὶ τὸ μέλλον
καὶ τὸ πρὶν ἐπαρκέσει
νόμος ὅδ᾽· οὐδὲν ἕρπει
θνατῶν βίοτος πάμπολυς ἐκτὸς ἄτας.

SEGUNDO ESTÁSIMO (582-625)

CORO

EST. 1   Bom Nume é viver sem sofrimentos.
           Em casa abalada por Deus erronia
585   não deixa ilesas muitas gerações
           tal qual onda do mar salino
           quando sob reversos ventos
           trácios corre trevas submarinas
590   e do fundo rola
           o lodo negro e a cada batida
           de ventos bramem queixosas orlas.

ANT. 1   Na casa dos Labdácidas vejo antigas
595   dores de finados desabar sobre dores,
           geração não libera geração, algum
           Deus abate e não tem solução.
           Agora sobre as últimas raízes
600   via-se luz na casa de Édipo
           mas outra vez a ceifa
           sangrenta faca dos Deuses ínferos,
           demência da fala, Erínis da mente.

EST. 2   Teu poder, Zeus, que viril
605   transgressão o dominaria?
           Nem Sono vetusto o destrói
           nem incansáveis meses divinos.
           Sem-velhice dominas potente
           no tempo o esplendor
610   marmóreo do Olimpo.
           Doravante e no porvir
           e antes valerá esta lei:
           para nenhum mortal a vida
           segue plena sem erronia.

{ΑΝΤ. 2}   ἁ γὰρ δὴ πολύπλαγκτος ἐλ-
616   πὶς πολλοῖς μὲν ὄνησις ἀνδρῶν,
           πολλοῖς δ' ἀπάτα κουφονόων ἐρώτων·
           εἰδότι δ' οὐδὲν ἕρπει,
           πρὶν πυρὶ θερμῷ πόδα τις προσαύσῃ.
620   σοφίᾳ γὰρ ἔκ του
           κλεινὸν ἔπος πέφανται,
           τὸ κακὸν δοκεῖν ποτ' ἐσθλὸν
           τῷδ' ἔμμεν ὅτῳ φρένας
           θεὸς ἄγει πρὸς ἄταν·
625   πράσσει δ' ὀλίγος τὸν χρόνον ἐκτὸς ἄτας.

ANT. 2   A multívaga esperança
616   a muitos varões satisfaz,
      a muitos frustra amores vãos
      e segue o néscio
      até pisar fogo aceso.
620   Sábia foi dita
      ínclita palavra:
      o mal parece um bem
      à mente de quem
      Deus induz à erronia
625   e age breve sem erronia.

ΧΟΡΟΣ

    ὅδε μὴν Αἵμων, παίδων τῶν σῶν
    νέατον γέννημ᾽· ἆρ᾽ ἀχνύμενος
    [τῆς μελλογάμου νύμφης]
    τάλιδος ἥκει μόρον Ἀντιγόνης,
630 ἀπάτης λεχέων ὑπεραλγῶν;

ΚΡΕΩΝ

    τάχ᾽ εἰσόμεσθα μάντεων ὑπέρτερον.
    ὦ παῖ, τελείαν ψῆφον ἆρα μὴ κλυὼν
    τῆς μελλονύμφου πατρὶ λυσσαίνων πάρει;
    ἢ σοὶ μὲν ἡμεῖς πανταχῇ δρῶντες φίλοι;

ΑΙΜΩΝ

635 πάτερ, σός εἰμι· καὶ σύ μοι γνώμας ἔχων
    χρηστὰς ἀπορθοῖς, αἷς ἔγωγ᾽ ἐφέψομαι.
    ἐμοὶ γὰρ οὐδεὶς ἀξιώσεται γάμος
    μείζων φέρεσθαι σοῦ καλῶς ἡγουμένου.

ΚΡΕΩΝ

    οὕτω γάρ, ὦ παῖ, χρὴ διὰ στέρνων ἔχειν,
640 γνώμης πατρῴας πάντ᾽ ὄπισθεν ἑστάναι·
    τούτου γὰρ οὕνεκ᾽ ἄνδρες εὔχονται γονὰς
    κατηκόους φύσαντες ἐν δόμοις ἔχειν,
    ὡς καὶ τὸν ἐχθρὸν ἀνταμύνωνται κακοῖς,
    καὶ τὸν φίλον τιμῶσιν ἐξ ἴσου πατρί.
645 ὅστις δ᾽ ἀνωφέλητα φιτύει τέκνα,
    τί τόνδ᾽ ἂν εἴποις ἄλλο πλὴν αὑτῷ πόνους
    φῦσαι, πολὺν δὲ τοῖσιν ἐχθροῖσιν γέλων;
    μή νύν ποτ᾽, ὦ παῖ, τὰς φρένας γ᾽ ὑφ᾽ ἡδονῆς
    γυναικὸς οὕνεκ᾽ ἐκβάλῃς, εἰδὼς ὅτι

TERCEIRO EPISÓDIO (626-780)

CORO
      Eis lá Hémon, o teu filho
      mais novo. Vem ele aflito
      por sua prometida esposa,
      morta a sua noiva Antígona,
630   dolorido de frustras núpcias?

CREONTE
      Já saberemos melhor que vates.
      Ó filho, ao ouvir o decreto final
      da noiva, vens irado com o pai?
      Ou somos teu em todos os atos?

HÉMON
635   Ó pai, sou teu, e tu me guias reto
      com bons intentos que seguirei.
      Não estimarei jamais as núpcias
      mais do que seguir tua boa guia.

CREONTE
      Assim, filho, deves ter o peito,
640   pospor tudo ao intento paterno.
      Por isso varões aspiram gerar
      e ter filhos obedientes em casa,
      para retribuir males ao inimigo
      e honrar o amigo tal qual o pai.
645   Quem semeia filhos imprestáveis
      o que se diria gerar senão fadigas
      para si e muito riso dos inimigos?
      Ó filho, nunca rejeites a razão
      por prazer de mulher, sabendo

650 ψυχρὸν παραγκάλισμα τοῦτο γίγνεται,
γυνὴ κακὴ ξύνευνος ἐν δόμοις. τί γὰρ
γένοιτ᾽ ἂν ἕλκος μεῖζον ἢ φίλος κακός;
ἀποπτύσας οὖν ὥστε δυσμενῆ μέθες
τὴν παῖδ᾽ ἐν Ἅιδου τήνδε νυμφεύειν τινί.
655 ἐπεὶ γὰρ αὐτὴν εἷλον ἐμφανῶς ἐγὼ
πόλεως ἀπιστήσασαν ἐκ πάσης μόνην,
ψευδῆ γ᾽ ἐμαυτὸν οὐ καταστήσω πόλει,
ἀλλὰ κτενῶ. πρὸς ταῦτ᾽ ἐφυμνείτω Δία
ξύναιμον· εἰ γὰρ δὴ τά γ᾽ ἐγγενῆ φύσει
660 ἄκοσμα θρέψω, κάρτα τοὺς ἔξω γένους·
ἐν τοῖς γὰρ οἰκείοισιν ὅστις ἔστ᾽ ἀνὴρ
χρηστός, φανεῖται κἀν πόλει δίκαιος ὤν.
ὅστις δ᾽ ὑπερβὰς ἢ νόμους βιάζεται,
ἢ τοὐπιτάσσειν τοῖς κρατύνουσιν νοεῖ,
665 οὐκ ἔστ᾽ ἐπαίνου τοῦτον ἐξ ἐμοῦ τυχεῖν.
[ἀλλ᾽ ὃν πόλις στήσειε, τοῦδε χρὴ κλύειν
καὶ σμικρὰ καὶ δίκαια καὶ τἀναντία.]
καὶ τοῦτον ἂν τὸν ἄνδρα θαρσοίην ἐγὼ
καλῶς μὲν ἄρχειν, εὖ δ᾽ ἂν ἄρχεσθαι θέλειν,
670 δορός τ᾽ ἂν ἐν χειμῶνι προστεταγμένον
μένειν δίκαιον κἀγαθὸν παραστάτην.
ἀναρχίας δὲ μεῖζον οὐκ ἔστιν κακόν.
αὕτη πόλεις ὄλλυσιν, ἥδ᾽ ἀναστάτους
οἴκους τίθησιν, ἥδε συμμάχου δορὸς
675 τροπὰς καταρρήγνυσι· τῶν δ᾽ ὀρθουμένων
σῴζει τὰ πολλὰ σώμαθ᾽ ἡ πειθαρχία.
οὕτως ἀμυντέ᾽ ἐστὶ τοῖς κοσμουμένοις,
κοὔτοι γυναικὸς οὐδαμῶς ἡσσητέα.
κρεῖσσον γάρ, εἴπερ δεῖ, πρὸς ἀνδρὸς ἐκπεσεῖν,
680 κοὐκ ἂν γυναικῶν ἥσσονες καλοίμεθ᾽ ἄν.

650 que se torna frio esse amplexo,
mulher má no leito em casa. Que
chaga seria maior que amigo mau?
Repele como inimiga e manda
essa menina casar-se no Hades.
655 Porque de toda a urbe flagrei
somente a ela em desobediência,
não me tornarei falso ante a urbe,
mas matarei. Que invoque Zeus
consanguíneo! Se parentes natos
660 tiver sem ordem, pior os de fora.
Entre os seus em casa, quem for
firme, parecerá na urbe ser justo.
Quem transgrida ou viole as leis
ou creia submeter comandantes,
665 esse não pode ter meu louvor.
Quem a urbe põe, seja ouvido
no pouco, no justo e no oposto.
Eu creria que esse varão queira
bem dirigir e ser bem dirigido
670 e disposto na procela de lança
resistir justo e bravo na defesa.
Não há maior mal que a anarquia.
Ela destrói as urbes, ela subverte
casas, ela faz lança aliada romper
675 em fuga. Quando se tem a retidão,
a obediência defende muitas vidas.
Assim se deve preservar a ordem
e nunca ser menor que a mulher.
Se for fatal, antes varão nos vença,
680 não nos diriam pior que mulheres.

ΧΟΡΟΣ
    ἡμῖν μέν, εἰ μὴ τῷ χρόνῳ κεκλέμμεθα,
    λέγειν φρονούντως ὧν λέγεις δοκεῖς πέρι.

ΑΙΜΩΝ
    πάτερ, θεοὶ φύουσιν ἀνθρώποις φρένας,
    πάντων ὅσ' ἐστὶ κτημάτων ὑπέρτατον,
685   ἐγὼ δ' ὅπως σὺ μὴ λέγεις ὀρθῶς τάδε,
    οὔτ' ἂν δυναίμην μήτ' ἐπισταίμην λέγειν·
    [γένοιτο μεντἂν χἀτέρᾳ καλῶς ἔχον.]
    σὺ δ' οὐ πέφυκας πάντα προσκοπεῖν ὅσα
    λέγει τις ἢ πράσσει τις ἢ ψέγειν ἔχει.
690   τὸ γὰρ σὸν ὄμμα δεινὸν ἀνδρὶ δημότῃ
    λόγοις τοιούτοις οἷς σὺ μὴ τέρψῃ κλύων·
    ἐμοὶ δ' ἀκούειν ἔσθ' ὑπὸ σκότου τάδε,
    τὴν παῖδα ταύτην οἷ' ὀδύρεται πόλις,
    πασῶν γυναικῶν ὡς ἀναξιωτάτη
695   κάκιστ' ἀπ' ἔργων εὐκλεεστάτων φθίνει·
    ἥτις τὸν αὑτῆς αὐτάδελφον ἐν φοναῖς
    πεπτῶτ' ἄθαπτον μήθ' ὑπ' ὠμηστῶν κυνῶν
    εἴασ' ὀλέσθαι μήθ' ὑπ' οἰωνῶν τινος·
    οὐχ ἥδε χρυσῆς ἀξία τιμῆς λαχεῖν;
700   τοιάδ' ἐρεμνὴ σῖγ' ὑπέρχεται φάτις.
    ἐμοὶ δὲ σοῦ πράσσοντος εὐτυχῶς, πάτερ,
    οὐκ ἔστιν οὐδὲν κτῆμα τιμιώτερον.
    τί γὰρ πατρὸς θάλλοντος εὐκλείᾳ τέκνοις
    ἄγαλμα μεῖζον, ἢ τί πρὸς παίδων πατρί;
705   μή νυν ἓν ἦθος μοῦνον ἐν σαυτῷ φόρει,
    ὡς φῂς σύ, κοὐδὲν ἄλλο, τοῦτ' ὀρθῶς ἔχειν.
    ὅστις γὰρ αὐτὸς ἢ φρονεῖν μόνος δοκεῖ,
    ἢ γλῶσσαν, ἣν οὐκ ἄλλος ἢ ψυχὴν ἔχειν,
    οὗτοι διαπτυχθέντες ὤφθησαν κενοί.
710   ἀλλ' ἄνδρα, κεἴ τις ᾖ σοφός, τὸ μανθάνειν

CORO

    A nós, se não iludidos pelo tempo,
    parece que dizes bem o que dizes.

HÉMON

    Pai, Deuses põem razão nos homens
    que de todas as riquezas é suprema.
685 Que isso tu não digas com retidão,
    eu nem poderia, nem saberia dizer.
    De outro modo ainda estaria bem.
    Tu não és de perscrutar tudo quanto
    se diz, se faz ou se pode reprovar,
690 pois teu olhar é terrível para gente
    que fale o que não te agrade ouvir.
    A mim se dá ouvir na sombra isto:
    como a urbe lamenta essa menina,
    de todas elas a que menos merece
695 a pior morte por seus atos gloriosos,
    que ao irmão tombado na matança
    insepulto não permitiu ser destruído
    nem por cães carnívoros nem aves,
    não merece ela receber áurea honra?
700 Tal voz sombria silente vai furtiva.
    Não tenho riqueza mais preciosa,
    pai, que a boa sorte de tuas ações.
    Que mais ufana os filhos que florir
    o pai em glória ou ao pai os filhos?
705 Não comportes só uma convicção,
    estar certo qual dizes e nada mais.
    Quem crê que só ele pensa ou tem
    língua, ou alma, a qual outro não,
    esse, desdobrado, se mostra vazio.
710 Mas o varão, mesmo o sábio, mais

πόλλ' αἰσχρὸν οὐδὲν καὶ τὸ μὴ τείνειν ἄγαν.
ὁρᾷς παρὰ ῥείθροισι χειμάρροις ὅσα
δένδρων ὑπείκει, κλῶνας ὡς ἐκσῴζεται,
τὰ δ' ἀντιτείνοντ' αὐτόπρεμν' ἀπόλλυται.
715 αὕτως δὲ ναὸς ὅστις ἐν κράτει πόδα
τείνας ὑπείκει μηδέν, ὑπτίοις κάτω
στρέψας τὸ λοιπὸν σέλμασιν ναυτίλλεται.
ἀλλ' εἶκε θυμοῦ καὶ μετάστασιν δίδου.
γνώμη γὰρ εἴ τις κἀπ' ἐμοῦ νεωτέρου
720 πρόσεστι, φήμ' ἔγωγε πρεσβεύειν πολὺ
φῦναι τὸν ἄνδρα πάντ' ἐπιστήμης πλέων·
εἰ δ' οὖν, φιλεῖ γὰρ τοῦτο μὴ ταύτῃ ῥέπειν,
καὶ τῶν λεγόντων εὖ καλὸν τὸ μανθάνειν.

ΧΟΡΟΣ
ἄναξ, σέ τ' εἰκός, εἴ τι καίριον λέγει,
725 μαθεῖν, σέ τ' αὖ τοῦδ'· εὖ γὰρ εἴρηται διπλῇ.

ΚΡΕΩΝ
οἱ τηλικοίδε καὶ διδαξόμεσθα δὴ
φρονεῖν πρὸς ἀνδρὸς τηλικοῦδε τὴν φύσιν;

ΑΙΜΩΝ
μηδὲν γ' ὃ μὴ δίκαιον· εἰ δ' ἐγὼ νέος,
οὐ τὸν χρόνον χρὴ μᾶλλον ἢ τἄργα σκοπεῖν.

ΚΡΕΩΝ
730 ἔργον γάρ ἐστι τοὺς ἀκοσμοῦντας σέβειν;

ΑΙΜΩΝ
οὐδ' ἂν κελεύσαιμ' εὐσεβεῖν ἐς τοὺς κακούς.

ΚΡΕΩΝ
οὐχ ἥδε γὰρ τοιᾷδ' ἐπείληπται νόσῳ;

aprender, e não enrijar, não é feio.
Vês árvores às torrentes hibernas
quantas cedem preservam ramos,
as resistentes perdem até as raízes.
715 Assim, quem no poder tesa o cabo
do barco e não cede, vira de borco
bancos e assim navega doravante.
Mas cede do ardor e faz mudança!
Se alguma razão me cabe a mim,
720 jovem, digo que é muito melhor
todo varão nascer cheio de ciência,
se não, pois isto sói não ser assim,
é belo aprender de quem fala bem.

CORO
Rei, se diz algo certo, convém que
725 aprendas, e tu dele: bem falam ambos.

CREONTE
Os desta idade ainda aprenderemos
a pensar com um varão dessa idade?

HÉMON
Nada que não justo. Se sou jovem,
não cabe ver tempo mais que atos.

CREONTE
730 O ato é veneração aos desordeiros?

HÉMON
Não clamaria a veneração aos maus.

CREONTE
Ela não está atacada de tal distúrbio?

ΑΙΜΩΝ
  οὔ φησι Θήβης τῆσδ' ὁμόπτολις λεώς.

ΚΡΕΩΝ
  πόλις γὰρ ἡμῖν ἁμὲ χρὴ τάσσειν ἐρεῖ;

ΑΙΜΩΝ
735 ὁρᾷς τόδ' ὡς εἴρηκας ὡς ἄγαν νέος;

ΚΡΕΩΝ
  ἄλλῳ γὰρ ἢ 'μοὶ χρή με τῆσδ' ἄρχειν χθονός;

ΑΙΜΩΝ
  πόλις γὰρ οὐκ ἔσθ' ἥτις ἀνδρός ἐσθ' ἑνός.

ΚΡΕΩΝ
  οὐ τοῦ κρατοῦντος ἡ πόλις νομίζεται;

ΑΙΜΩΝ
  καλῶς ἐρήμης γ' ἂν σὺ γῆς ἄρχοις μόνος.

ΚΡΕΩΝ
740 ὅδ', ὡς ἔοικε, τῇ γυναικὶ συμμαχεῖ.

ΑΙΜΩΝ
  εἴπερ γυνὴ σύ· σοῦ γὰρ οὖν προκήδομαι.

ΚΡΕΩΝ
  ὦ παγκάκιστε, διὰ δίκης ἰὼν πατρί;

ΑΙΜΩΝ
  οὐ γὰρ δίκαιά σ' ἐξαμαρτάνονθ' ὁρῶ.

ΚΡΕΩΝ
  ἁμαρτάνω γὰρ τὰς ἐμὰς ἀρχὰς σέβων;

HÉMON
O povo cidadão desta Tebas diz não.

CREONTE
Pois a urbe nos dirá que devo impor?

HÉMON
735 Vês que disseste qual jovem demais?

CREONTE
Por outro ou por mim guio esta terra?

HÉMON
Não há urbe que seja de um só varão.

CREONTE
Não se considera do soberano a urbe?

HÉMON
Bom guia de terra erma serias a sós.

CREONTE
740 Parece que este está aliado à mulher.

HÉMON
Se mulher és tu, pois de ti é que cuido.

CREONTE
Ó perverso, litigando com o teu pai?

HÉMON
Pois vejo que tu sem justiça desacertas.

CREONTE
Desacerto quando respeito meu poder?

ΑΙΜΩΝ

745   οὐ γὰρ σέβεις, τιμάς γε τὰς θεῶν πατῶν.

ΚΡΕΩΝ

ὦ μιαρὸν ἦθος καὶ γυναικὸς ὕστερον.

ΑΙΜΩΝ

οὔ τἂν ἕλοις ἥσσω γε τῶν αἰσχρῶν ἐμέ.

ΚΡΕΩΝ

ὁ γοῦν λόγος σοι πᾶς ὑπὲρ κείνης ὅδε.

ΑΙΜΩΝ

καὶ σοῦ γε κἀμοῦ, καὶ θεῶν τῶν νερτέρων.

ΚΡΕΩΝ

750   ταύτην ποτ' οὐκ ἔσθ' ὡς ἔτι ζῶσαν γαμεῖς.

ΑΙΜΩΝ

ἥδ' οὖν θανεῖται καὶ θανοῦσ' ὀλεῖ τινα.

ΚΡΕΩΝ

ἦ κἀπαπειλῶν ὧδ' ἐπεξέρχῃ θρασύς;

ΑΙΜΩΝ

τίς δ' ἔστ' ἀπειλὴ πρὸς σ' ἐμὰς γνώμας λέγειν;

ΚΡΕΩΝ

κλαίων φρενώσεις, ὢν φρενῶν αὐτὸς κενός.

ΑΙΜΩΝ

755   εἰ μὴ πατὴρ ἦσθ', εἶπον ἄν σ' οὐκ εὖ φρονεῖν.

HÉMON

745   Não respeitas pisando honras divinas.

CREONTE

Ó caráter poluente pior que mulher.

HÉMON

Não me verias vencido por vilezas.

CREONTE

Tudo que tu falas é em defesa dela.

HÉMON

E de ti e de mim e dos Deuses ínferos.

CREONTE

750   Não há como a desposes ainda viva.

HÉMON

Ela morrerá e morta matará alguém.

CREONTE

Com essas ameaças avanças audaz?

HÉMON

Que te ameaça dizer minhas razões?

CREONTE

Em pranto saberás que és sem razão.

HÉMON

755   Se não fosses pai, diria pensares mal.

ΚΡΕΩΝ
	γυναικὸς ὢν δούλευμα, μὴ κώτιλλέ με.

ΑΙΜΩΝ
	βούλῃ λέγειν τι καὶ λέγων μηδὲν κλύειν;

ΚΡΕΩΝ
	ἄληθες; ἀλλ᾽ οὐ, τόνδ᾽ Ὄλυμπον, ἴσθ᾽ ὅτι,
	χαίρων ἔτι ψόγοισι δεννάσεις ἐμέ.
760	ἄγετε τὸ μῖσος, ὡς κατ᾽ ὄμματ᾽ αὐτίκα
	παρόντι θνῄσκῃ πλησία τῷ νυμφίῳ.

ΑΙΜΩΝ
	οὐ δῆτ᾽ ἔμοιγε, τοῦτο μὴ δόξῃς ποτέ,
	οὔθ᾽ ἥδ᾽ ὀλεῖται πλησία, σύ τ᾽ οὐδαμὰ
	τοὐμὸν προσόψῃ κρᾶτ᾽ ἐν ὀφθαλμοῖς ὁρῶν,
765	ὡς τοῖς θέλουσι τῶν φίλων μαίνῃ συνών.

ΧΟΡΟΣ
	ἀνὴρ, ἄναξ, βέβηκεν ἐξ ὀργῆς ταχύς·
	νοῦς δ᾽ ἐστὶ τηλικοῦτος ἀλγήσας βαρύς.

ΚΡΕΩΝ
	δράτω, φρονείτω μεῖζον ἢ κατ᾽ ἄνδρ᾽ ἰών·
	τὰ δ᾽ οὖν κόρα τάδ᾽ οὐκ ἀπαλλάξει μόρου.

ΧΟΡΟΣ
770	ἄμφω γὰρ αὐτὰ καὶ κατακτεῖναι νοεῖς;

ΚΡΕΩΝ
	οὐ τήν γε μὴ θιγοῦσαν· εὖ γὰρ οὖν λέγεις.

ΧΟΡΟΣ
	μόρῳ δὲ ποίῳ καί σφε βουλεύῃ κτανεῖν;

CREONTE

    Sendo servo de mulher, não me adules.

HÉMON

    Queres falar e, se falas, não ouvir nada?

CREONTE

    Verdade? Por Olimpo, sabe que impune
    não mais me insultarás com vitupérios.
760 Trazei a odiosa, para que ante os olhos
    perto do noivo presente ela morra já.

HÉMON

    Nunca jamais não me acredites nisso!
    Ela não morrerá perto! Tu nunca mais
    verás meu rosto vendo com os olhos.
765 Sejas louco junto aos teus que anuam!

CORO

    Ó rei, o varão se foi rápido de raiva.
    A alma dessa idade na dor é violenta.

CREONTE

    Vá! Faça! Creia-se mais que um varão!
    Não livrará da morte estas duas moças.

CORO

770 Cogitas condená-las ambas à morte?

CREONTE

    Não a que nada fez, pois bem o dizes.

CORO

    E a que morte pretendes condená-la?

ΚΡΕΩΝ
    ἄγων ἐρῆμος ἔνθ' ἂν ᾖ βροτῶν στίβος
    κρύψω πετρώδει ζῶσαν ἐν κατώρυχι,
775 φορβῆς τοσοῦτον ὅσον ἄγος φεύγειν προθείς,
    ὅπως μίασμα πᾶσ' ὑπεκφύγῃ πόλις.
    κἀκεῖ τὸν Ἅιδην, ὃν μόνον σέβει θεῶν,
    αἰτουμένη που τεύξεται τὸ μὴ θανεῖν,
    ἢ γνώσεται γοῦν ἀλλὰ τηνικαῦθ' ὅτι
780 πόνος περισσός ἐστι τἀν Ἅιδου σέβειν.

CREONTE

       Conduzindo a senda erma de mortais,
       ocultarei viva em pedregosa caverna
775 com tanto pasto quanto seja expiação
       para toda a urbe se livrar de poluência.
       Lá, ao Hades, único Deus que venera,
       suplicando talvez alcance não morrer,
       ou reconhecerá decerto então afinal
780 que é trabalho perdido venerar Hades.

ΧΟΡΟΣ

{STR. 1} Ἔρως ἀνίκατε μάχαν,
Ἔρως, ὃς ἐν κτήμασι πίπτεις,
ὃς ἐν μαλακαῖς παρειαῖς
νεάνιδος ἐννυχεύεις,
785 φοιτᾷς δ' ὑπερπόντιος ἔν τ'
ἀγρονόμοις αὐλαῖς·
καί σ' οὔτ' ἀθανάτων φύξιμος οὐδεὶς
οὔθ' ἀμερίων σέ γ' ἀν-
790 θρώπων, ὁ δ' ἔχων μέμηνεν.

{ANT. 1} σὺ καὶ δικαίων ἀδίκους
φρένας παρασπᾷς ἐπὶ λώβᾳ·
σὺ καὶ τόδε νεῖκος ἀνδρῶν
ξύναιμον ἔχεις ταράξας·
795 νικᾷ δ' ἐναργὴς βλεφάρων
ἵμερος εὐλέκτρου
νύμφας, τῶν μεγάλων πάρεδρος ἐν ἀρχαῖς
θεσμῶν· ἄμαχος γὰρ ἐμ-
800 παίζει θεὸς Ἀφροδίτα.

TERCEIRO ESTÁSIMO (781-800)

CORO

EST. 1 Eros, invicto na luta,
Eros, dominas rebanhos,
tu em suaves faces
de moça pernoitas
785 e percorres mares
e abrigos agrestes,
nenhum dos imortais te evita,
nenhum dos diurnos mortais,
790 e quem tem enlouquece.

ANT. 1 Tu até de justos levas
juízos injustos à ruína,
tu perturbas até esta rixa
consanguínea de varões.
795 Vence visível nos olhos
desejo de cobiçada noiva,
sócio do poder de grandes
leis, pois incombatível
800 brinca Deusa Afrodite.

ΧΟΡΟΣ
  νῦν δ' ἤδη 'γὼ καὐτὸς θεσμῶν
  ἔξω φέρομαι τάδ' ὁρῶν, ἴσχειν δ'
  οὐκέτι πηγὰς δύναμαι δακρύων,
  τὸν παγκοίτην ὅθ' ὁρῶ θάλαμον
805 τήνδ' Ἀντιγόνην ἀνύτουσαν.

ΑΝΤΙΓΟΝΗ
{STR. 2} ὁρᾶτέ μ', ὦ γᾶς πατρίας πολῖται
  τὰν νεάταν ὁδὸν
  στείχουσαν, νέατον δὲ φέγ-
  γος λεύσσουσαν ἀελίου,
810 κοὔποτ' αὖθις· ἀλλά μ' ὁ παγ-
  κοίτας Ἅιδας ζῶσαν ἄγει
  τὰν Ἀχέροντος
  ἀκτάν, οὔθ' ὑμεναίων
  ἔγκληρον, οὔτ' ἐπὶ νυμ-
815 φείοις πώ μέ τις ὕμνος ὕ-
  μνησεν, ἀλλ' Ἀχέροντι νυμφεύσω.

ΧΟΡΟΣ
  οὐκοῦν κλεινὴ καὶ ἔπαινον ἔχουσ'
  ἐς τόδ' ἀπέρχῃ κεῦθος νεκύων;
  οὔτε φθινάσιν πληγεῖσα νόσοις
820 οὔτε ξιφέων ἐπίχειρα λαχοῦσ',
  ἀλλ' αὐτόνομος ζῶσα μόνη δὴ
  θνητῶν Ἀίδην καταβήσῃ.

ΑΝΤΙΓΟΝΗ
{ΑΝΤ. 2} ἤκουσα δὴ λυγροτάταν ὀλέσθαι
  τὰν Φρυγίαν ξέναν
825 Ταντάλου Σιπύλῳ πρὸς ἄ-
  κρῳ, τὰν κισσὸς ὡς ἀτενὴς
  πετραία βλάστα δάμασεν,

QUARTO EPISÓDIO: *KOMMÓS* (801-943)

CORO

      Agora eu mesmo sou levado
      para fora das leis ao ver isto,
      não mais posso conter as fontes
      do pranto, ao ver aqui Antígona
805 ir ao tálamo que tudo adormece.

ANTÍGONA

EST. 2 Vede-me, cidadãos da terra pátria
      marchar a última viagem,
      contemplar a última
      luz do Sol,
810 e nunca mais. Hades, que tudo
      adormece, conduz-me viva
      à borda do Aqueronte,
      sem participação
      do himeneu, nenhum hino
815 nas bodas me hineou,
      mas desposarei Aqueronte.

CORO

      Não ínclita e louvada
      vais à cripta dos mortos?
      Não batida de doenças finais
820 nem por ter paga de punhais
      mas autônoma descerás viva,
      única dos mortais, ao Hades.

ANTÍGONA

ANT. 2 Ouvi a mais lúgubre morte
      da forasteira frígia, filha
825 de Tântalo, junto ao monte
      Sípilo, pétreo viço qual hera
      tenaz a dominou, e a ela,

καί νιν ὄμβρῳ τακομέναν,
ὡς φάτις ἀνδρῶν,
830 χιών τ᾽ οὐδαμὰ λείπει,
τέγγει δ᾽ ὑπ᾽ ὀφρύσι παγ-
κλαύτοις δειράδας· ᾇ με δαί-
μων ὁμοιοτάταν κατευνάζει.

ΧΟΡΟΣ

ἀλλὰ θεός τοι καὶ θεογεννής,
835 ἡμεῖς δὲ βροτοὶ καὶ θνητογενεῖς.
καίτοι φθιμένῃ μέγα κἀκοῦσαι
τοῖς ἰσοθέοις ἔγκληρα λαχεῖν
ζῶσαν καὶ ἔπειτα θανοῦσαν.

ΑΝΤΙΓΟΝΗ
{STR. 3} οἴμοι γελῶμαι.
τί με, πρὸς θεῶν πατρῴων,
840 οὐκ οἰχομέναν ὑβρίζεις,
ἀλλ᾽ ἐπίφαντον;
ὦ πόλις, ὦ πόλεως
πολυκτήμονες ἄνδρες·
ἰὼ Διρκαῖαι κρῆναι Θή-
845 βας τ᾽ εὐαρμάτου ἄλσος, ἔμ-
πας ξυμμάρτυρας ὕμμ᾽ ἐπικτῶμαι,
οἵα φίλων ἄκλαυτος, οἵοις νόμοις
πρὸς ἕρμα τυμβόχωστον ἔρ-
χομαι τάφου ποταινίου·
850 ἰὼ δύστανος, βροτοῖς
οὔτε ⟨νεκρὸς⟩ νεκροῖσιν
μέτοικος, οὐ ζῶσιν, οὐ θανοῦσιν.

ΧΟΡΟΣ

προβᾶσ᾽ ἐπ᾽ ἔσχατον θράσους
ὑψηλὸν ἐς Δίκας βάθρον
855 προσέπεσες, ὦ τέκνον, ποδί.
πατρῷον δ᾽ ἐκτίνεις τιν᾽ ἆθλον.

            desfeita em pranto,
            chuva e neve, diz a voz
    830   de varões, nunca a deixam,
            e verte dos olhos todo
            pranto no colo. O Nume
            leva-me, símil a ela, ao leito.

CORO

            Mas era Deusa e nascida de Deus,
    835   nós, mortais e nascidos de mortais.
            Mas, no fim, terás grande glória
            por ter sorte igual dos Deuses
            durante a vida e após a morte.

ANTÍGONA

EST. 3   *Oimoi*, riem de mim!
            Oh Deuses pátrios, por que
    840   não me ultrajas após me ir,
            mas diante de minhas vistas?
            Ó urbe, ó da urbe
            opulentos varões!
            Iò, águas de Dirce, selva
    845   de Tebas de belos carros,
            todavia vos tenho por testemunhas:
            sem pranto dos meus, sob que leis
            vou ao monte túmulo
            do insólito funeral.
    850   *Iò*, mísera entre mortais
            não morta entre mortos
            perto nem de vivos nem de mortos!

CORO

            Avançada em extrema audácia,
            colidiste o teu passo, ó filha,
    855   com o altivo altar de Justiça.
            Pagas alguma pena paterna.

ΑΝΤΙΓΟΝΗ
{ΑΝΤ. 3} ἔψαυσας ἀλγει-
νοτάτας ἐμοὶ μερίμνας,
πατρὸς τριπόλιστον οἴτου,
860   τοῦ τε πρόπαντος
ἁμετέρου πότμου
κλεινοῖς Λαβδακίδαισιν.
ἰὼ ματρῷαι λέκτρων ἆ-
ται κοιμήματά τ' αὐτογέν-
865   νητ' ἐμῷ πατρὶ δυσμόρου ματρός·
οἵων ἐγώ ποθ' ἁ ταλαίφρων ἔφυν·
πρὸς οὕς ἀραῖος, ἄγαμος ἅδ'
ἐγὼ μέτοικος ἔρχομαι.
ἰὼ δυσπότμων κασί-
870   γνητε γάμων κυρήσας,
θανὼν ἔτ' οὖσαν κατήναρές με.

ΧΟΡΟΣ
σέβειν μὲν εὐσέβειά τις,
κράτος δ', ὅτῳ κράτος μέλει,
παραβατὸν οὐδαμᾷ πέλει,
875   σὲ δ' αὐτόγνωτος ὤλεσ' ὀργά.

ΑΝΤΙΓΟΝΗ
{ΕΡ.} ἄκλαυτος, ἄφιλος, ἀνυμέναι-
ος ⟨ἁ⟩ ταλαίφρων ἄγομαι
τὰν ἑτοίμαν ὁδόν.
οὐκέτι μοι τόδε λαμπάδος ἱερὸν
880   ὄμμα θέμις ὁρᾶν ταλαίνᾳ·
τὸν δ' ἐμὸν πότμον ἀδάκρυτον
οὐδεὶς φίλων στενάζει.

ANTÍGONA

ANT. 3   Tocaste meu mais
doloroso cuidado
de renovado fado
860   paterno e de todo
o nosso quinhão,
ínclitos Labdácidas.
Iò, erronias nupciais maternas
e conúbio da mesma origem
865   de infausta mãe com meu pai
dos quais eu mísera nasci
e junto a quem eis-me indo
imprecada inupta residir!
Iò, irmão que munido
870   de infaustas núpcias
morto ainda viva me matas!

CORO

Venerar é boa reverência,
mas poder, a quem poder
importa, nunca é violável,
875   e autônoma ira te perdeu.

ANTÍGONA

EPODO   Sem pranto nem amigo
inupta, mísera, me vou
levada a iminente viagem.
Não mais me é lícito, mísera,
880   ver este sacro olho de luz.
Minha sorte sem lágrimas
nenhum amigo lastima.

ΚΡΕΩΝ

    ἆρ' ἴστ' ἀοιδὰς καὶ γόους πρὸ τοῦ θανεῖν
    ὡς οὐδ' ἂν εἷς παύσαιτ' ἄν, εἰ χρείη, χέων;
885 οὐκ ἄξεθ' ὡς τάχιστα, καὶ κατηρεφεῖ
    τύμβῳ περιπτύξαντες, ὡς εἴρηκ' ἐγώ,
    ἄφετε μόνην ἔρημον, εἴτε χρῇ θανεῖν
    εἴτ' ἐν τοιαύτῃ ζῶσα τυμβεύειν στέγῃ·
    ἡμεῖς γὰρ ἁγνοὶ τοὐπὶ τήνδε τὴν κόρην·
890 μετοικίας δ' οὖν τῆς ἄνω στερήσεται.

ΑΝΤΙΓΟΝΗ

    ὦ τύμβος, ὦ νυμφεῖον, ὦ κατασκαφὴς
    οἴκησις αἰείφρουρος, οἷ πορεύομαι
    πρὸς τοὺς ἐμαυτῆς, ὧν ἀριθμὸν ἐν νεκροῖς
    πλεῖστον δέδεκται Φερσέφασσ' ὀλωλότων·
895 ὧν λοισθία 'γὼ καὶ κάκιστα δὴ μακρῷ
    κάτειμι, πρίν μοι μοῖραν ἐξήκειν βίου.
    ἐλθοῦσα μέντοι κάρτ' ἐν ἐλπίσιν τρέφω
    φίλη μὲν ἥξειν πατρί, προσφιλὴς δὲ σοί,
    μῆτερ, φίλη δὲ σοί, κασίγνητον κάρα.
900 ἐπεὶ θανόντας αὐτόχειρ ὑμᾶς ἐγὼ
    ἔλουσα κἀκόσμησα κἀπιτυμβίους
    χοὰς ἔδωκα· νῦν δέ, Πολύνεικες, τὸ σὸν
    δέμας περιστέλλουσα τοιάδ' ἄρνυμαι.
    καίτοι σ' ἐγὼ 'τίμησα τοῖς φρονοῦσιν εὖ.
905 οὐ γάρ ποτ' οὔτ' ἂν εἰ τέκν' ὧν μήτηρ ἔφυν
    οὔτ' εἰ πόσις μοι κατθανὼν ἐτήκετο,
    βίᾳ πολιτῶν τόνδ' ἂν ᾑρόμην πόνον.
    τίνος νόμου δὴ ταῦτα πρὸς χάριν λέγω;
    πόσις μὲν ἄν μοι κατθανόντος ἄλλος ἦν,
910 καὶ παῖς ἀπ' ἄλλου φωτός, εἰ τοῦδ' ἤμπλακον,

QUARTO EPISÓDIO: PARTE FINAL (883-943)

CREONTE

    Sabeis que cantos e prantos antes da morte
    ninguém cessaria de verter se fossem úteis?
885 Não a levareis o mais rápido? Recolhei-a,
    como eu ordenei, em túmulo recoberto,
    deixai-a erma solitária, se quiser morrer
    ou se ter em vida tumba em tal morada.
    Nós estamos puros quanto a essa moça
890 e ela será privada de residência em cima.

ANTÍGONA

    Ó túmulo, ó tálamo, ó escavada moradia,
    eterna guardiã, aonde me transporto junto
    aos meus, dos quais, finados, Perséfone já
    recebeu o maior número entre os mortos.
895 Eu, a derradeira e mais infausta, descerei
    antes de consumar a minha parte de vida.
    Ao partir, porém, nutro grande esperança
    de, ao chegar, ser grata a meu pai, grata
    a ti, mãe, e ser grata a ti, fraterna cabeça.
900 Quando mortos eu com as próprias mãos
    vos lavei, vesti e libações sobre o túmulo
    verti. Agora, Polinices, por amortalhar
    o teu corpo, eu recebo retribuições tais.
    Para os prudentes, porém, eu te honrei.
905 Nunca, nem se filhos de que fosse mãe,
    nem se meu marido morto apodrecesse,
    contra cidadãos assumiria este combate.
    Por causa de que lei tenho esta atitude?
    Marido, se me morresse, haveria outro,
910 e filho de outro homem, se o perdesse,

μητρὸς δ' ἐν Ἅιδου καὶ πατρὸς κεκευθότοιν
οὐκ ἔστ' ἀδελφὸς ὅστις ἂν βλάστοι ποτέ.
τοιῷδε μέντοι σ' ἐκπροτιμήσασ' ἐγὼ
νόμῳ, Κρέοντι ταῦτ' ἔδοξ' ἁμαρτάνειν
915 καὶ δεινὰ τολμᾶν, ὦ κασίγνητον κάρα.
καὶ νῦν ἄγει με διὰ χερῶν οὕτω λαβὼν
ἄλεκτρον, ἀνυμέναιον, οὔτε του γάμου
μέρος λαχοῦσαν οὔτε παιδείου τροφῆς,
ἀλλ' ὧδ' ἔρημος πρὸς φίλων ἡ δύσμορος
920 ζῶσ' ἐς θανόντων ἔρχομαι κατασκαφάς·
ποίαν παρεξελθοῦσα δαιμόνων δίκην;
τί χρή με τὴν δύστηνον ἐς θεοὺς ἔτι
βλέπειν; τίν' αὐδᾶν ξυμμάχων; ἐπεί γε δὴ
τὴν δυσσέβειαν εὐσεβοῦσ' ἐκτησάμην.
925 ἀλλ' εἰ μὲν οὖν τάδ' ἐστὶν ἐν θεοῖς καλά,
παθόντες ἂν ξυγγνοῖμεν ἡμαρτηκότες·
εἰ δ' οἵδ' ἁμαρτάνουσι, μὴ πλείω κακὰ
πάθοιεν ἢ καὶ δρῶσιν ἐκδίκως ἐμέ.

ΧΟΡΟΣ
ἔτι τῶν αὐτῶν ἀνέμων αὐταὶ
930 ψυχῆς ῥιπαὶ τήνδε γ' ἔχουσιν.

ΚΡΕΩΝ
τοιγὰρ τούτων τοῖσιν ἄγουσιν
κλαύμαθ' ὑπάρξει βραδυτῆτος ὕπερ.

ΑΝΤΙΓΟΝΗ
οἴμοι, θανάτου τοῦτ' ἐγγυτάτω
τοὔπος ἀφῖκται.

ΚΡΕΩΝ
935 θαρσεῖν οὐδὲν παραμυθοῦμαι
μὴ οὐ τάδε ταύτῃ κατακυροῦσθαι.

mas mãe e pai ocultos ambos no Hades,
não há irmão que pudesse nascer ainda.
Com esta lei, tendo preferido te honrar,
a Creonte pareceu que cometi desacerto
915 e uma terrível audácia, ó fraterna cabeça.
Agora, tendo nas mãos, assim me leva
sem núpcias nem himeneu, sem minha
parte nas bodas e na criação dos filhos,
mas tão desprovida de amigos, infausta,
920 em vida me vou ao sepulcro dos mortos.
Por transgredir qual justiça dos Numes?
Que me vale, a mim, mísera, olhar ainda
os Deuses? Que aliado invocar, já que
pela prática piedosa alcancei impiedade?
925 Mas se perante os Deuses isto é belo,
sofrendo reconheceríamos o desacerto;
se o desacerto é seu, sofram eles males
não mais do que injustos me impõem.

CORO
Ainda os mesmos ventos
930 lhe inspiram os impulsos.

CREONTE
Estes condutores terão
pranto por tanta lerdeza.

ANTÍGONA
Oímoi! Esta palavra
chegou perto da morte.

CREONTE
935 Não exorto a ter confiança
de que assim não se cumpra.

ΑΝΤΙΓΟΝΗ
    ὦ γῆς Θήβης ἄστυ πατρῷον
    καὶ θεοὶ προγενεῖς,
    ἄγομαι δὴ 'γὼ κοὐκέτι μέλλω.
940 λεύσσετε, Θήβης οἱ κοιρανίδαι,
    τὴν βασιλειδῶν μούνην λοιπήν,
    οἷα πρὸς οἵων ἀνδρῶν πάσχω,
    τὴν εὐσεβίαν σεβίσασα.

ANTÍGONA
    Ó pátria cidade
    da terra de Tebas
    e prógonos Deuses,
    vou-me, não tardo mais.
940   Vede, ó nobres de Tebas,
    a única última da realeza,
    o que sofro de que varões
    por venerar a reverência!

ΧΟΡΟΣ
{STR. 1} ἔτλα καὶ Δανάας οὐράνιον φῶς
945 ἀλλάξαι δέμας ἐν χαλκοδέτοις αὐλαῖς·
κρυπτομένα δ' ἐν τυμβή-
ρει θαλάμῳ κατεζεύχθη·
καίτοι ⟨καὶ⟩ γενεᾷ τίμιος, ὦ παῖ παῖ,
950 καὶ Ζηνὸς ταμιεύεσκε γονὰς χρυσορύτους.
ἀλλ' ἁ μοιριδία τις δύνασις δεινά·
οὔτ' ἄν νιν ὄλβος οὔτ' Ἄρης,
οὐ πύργος, οὐχ ἁλίκτυποι
κελαιναὶ νᾶες ἐκφύγοιεν.

{ANT. 1} ζεύχθη δ' ὀξύχολος παῖς ὁ Δρύαντος,
956 Ἠδωνῶν βασιλεύς, κερτομίοις ὀργαῖς,
ἐκ Διονύσου πετρώ-
δει κατάφαρκτος ἐν δεσμῷ.
οὕτω τᾶς μανίας δεινὸν ἀποστάζει
960 ἀνθηρόν τε μένος. κεῖνος ἐπέγνω μανίαις
ψαύων τὸν θεὸν ἐν κερτομίοις γλώσσαις.
παύεσκε μὲν γὰρ ἐνθέους
γυναῖκας εὔιόν τε πῦρ,
965 φιλαύλους τ' ἠρέθιζε μούσας.

{STR. 2} παρὰ δὲ κυανέων †πελαγέων πετρῶν† διδύμας ἁλὸς
ἀκταὶ Βοσπόριαι ⟨∪ ∪ –⟩ ὁ Θρῃκῶν
970 Σαλμυδησσός, ἵν' ἀγχίπολις Ἄ-
ρης δισσοῖσι Φινεΐδαις
εἶδεν ἀρατὸν ἕλκος
τυφλωθὲν ἐξ ἀγρίας δάμαρτος
ἀλαὸν ἀλαστόροισιν ὀμμάτων κύκλοις
975 ἀραχθέντων ὑφ' αἱματηραῖς
χείρεσσι καὶ κερκίδων ἀκμαῖσιν.

QUARTO ESTÁSIMO (944-987)

CORO

EST. 1   Também o corpo de Dânae suportou
945   trocar luz celeste por brônzeo recinto,
         oculta em tumular
         tálamo subjugada.
         Nobre de nascença, ó filha, filha,
950   geriu a semente auríflua de Zeus.
         Mas é terrível o poder da Parte:
         nem riqueza nem Ares
         nem torre nem marítimos
         navios negros o evitariam.

ANT. 1   Jungido o rei dos edonos iroso
956   filho de Drias por ser mordaz
         foi preso por Dioniso
         em prisão pedregosa.
         Assim da loucura destilou a terrível
960   flórea força. Soube que por loucura
         tocou o Deus com língua mordaz
         pois impedia possessas
         mulheres e o fogo évio
965   e irritava Musas flauteiras.

EST. 2   Pedras negras pelágias do mar gêmeo
         levam à orla do Bósforo e ao trácio
970   Salmidesso onde Ares perto da urbe
         viu a execrável chaga
         dos dois filhos de Fineu
         cegados por selvagem esposa
         cegos de víndices órbitas dos olhos
975   golpeados por sangrentas
         mãos e pontas de lançadeiras.

{ΑΝΤ. 2}   κατὰ δὲ τακόμενοι μέλεοι μελέαν πάθαν
980   κλαῖον, ματρὸς ἔχοντες ἀνυμφεύτον γονάν·
    ἁ δὲ σπέρμα μὲν ἀρχαιογόνων
    ⟨ἦν⟩ ἄνασσ' Ἐρεχθεϊδᾶν,
    τηλεπόροις δ' ἐν ἄντροις
    τράφη θυέλλησιν ἐν πατρῴαις
985   Βορεὰς ἄμιππος ὀρθόποδος ὑπὲρ πάγου
    θεῶν παῖς· ἀλλὰ κἀπ' ἐκείνᾳ
    Μοῖραι μακραίωνες ἔσχον, ὦ παῖ.

ANT. 2   Transidos míseros de mísera dor
980   pranteavam natos de inupta mãe
            que era rainha de nascença
            dos prístinos Erectidas
            e em remotas cavernas
            se criou com procelas paternas
985   Boréada veloz por íngreme aclive
            filha dos Deuses, mas Partes
            longevas a dominaram, ó filha.

ΤΕΙΡΕΣΙΑΣ
  Θήβης ἄνακτες, ἥκομεν κοινὴν ὁδὸν
  δύ᾽ ἐξ ἑνὸς βλέποντε· τοῖς τυφλοῖσι γὰρ
990 αὕτη κέλευθος ἐκ προηγητοῦ πέλει.

ΚΡΕΩΝ
  τί δ᾽ ἔστιν, ὦ γεραιὲ Τειρεσία, νέον;

ΤΕΙΡΕΣΙΑΣ
  ἐγὼ διδάξω, καὶ σὺ τῷ μάντει πιθοῦ.

ΚΡΕΩΝ
  οὔκουν πάρος γε σῆς ἀπεστάτουν φρενός.

ΤΕΙΡΕΣΙΑΣ
  τοιγὰρ δι᾽ ὀρθῆς τήνδ᾽ ἐναυκλήρεις πόλιν.

ΚΡΕΩΝ
995 ἔχω πεπονθὼς μαρτυρεῖν ὀνήσιμα.

ΤΕΙΡΕΣΙΑΣ
  φρόνει βεβὼς αὖ νῦν ἐπὶ ξυροῦ τύχης.

ΚΡΕΩΝ
  τί δ᾽ ἔστιν; ὡς ἐγὼ τὸ σὸν φρίσσω στόμα.

ΤΕΙΡΕΣΙΑΣ
  γνώσῃ, τέχνης σημεῖα τῆς ἐμῆς κλύων.
  ἐς γὰρ παλαιὸν θᾶκον ὀρνιθοσκόπον
1000 ἵζων, ἵν᾽ ἦν μοι παντὸς οἰωνοῦ λιμήν,
  ἀγνῶτ᾽ ἀκούω φθόγγον ὀρνίθων, κακῷ
  κλάζοντας οἴστρῳ καὶ βεβαρβαρωμένῳ·

QUINTO EPISÓDIO (988-1114)

TIRÉSIAS
    Senhores de Tebas, viemos em comum
    ambos com os olhos de um: os cegos
990 assim têm caminho com o guia à frente.

CREONTE
    Que há de novo, ó venerável Tirésias?

TIRÉSIAS
    Eu explicarei, e tu confia no adivinho!

CREONTE
    Antes não me afastava de teu conselho.

TIRÉSIAS
    Assim pilotavas a urbe no rumo certo.

CREONTE
995 Experiente testemunho a beneficência.

TIRÉSIAS
    Vê que andas agora no gume da sorte.

CREONTE
    O que há? Como tremo por tua boca!

TIRÉSIAS
    Saberás ouvindo sinais de minha arte.
    No antigo assento de observar aves
1000 sentado, onde tive porto de toda ave,
    ouço ignoto grito de aves, clamando
    com maligno furor incompreensível,

καὶ σπῶντας ἐν χηλαῖσιν ἀλλήλους φοναῖς
ἔγνων· πτερῶν γὰρ ῥοῖβδος οὐκ ἄσημος ἦν.
1005 εὐθὺς δὲ δείσας ἐμπύρων ἐγευόμην
βωμοῖσι παμφλέκτοισιν· ἐκ δὲ θυμάτων
Ἥφαιστος οὐκ ἔλαμπεν, ἀλλ' ἐπὶ σποδῷ
μυδῶσα κηκὶς μηρίων ἐτήκετο
κἄτυφε κἀνέπτυε, καὶ μετάρσιοι
1010 χολαὶ διεσπείροντο, καὶ καταρρυεῖς
μηροὶ καλυπτῆς ἐξέκειντο πιμελῆς.
τοιαῦτα παιδὸς τοῦδ' ἐμάνθανον πάρα
φθίνοντ' ἀσήμων ὀργίων μαντεύματα.
ἐμοὶ γὰρ οὗτος ἡγεμών, ἄλλοις δ' ἐγώ.
1015 καὶ ταῦτα τῆς σῆς ἐκ φρενὸς νοσεῖ πόλις.
βωμοὶ γὰρ ἡμῖν ἐσχάραι τε παντελεῖς
πλήρεις ὑπ' οἰωνῶν τε καὶ κυνῶν βορᾶς
τοῦ δυσμόρου πεπτῶτος Οἰδίπου γόνου.
κᾆτ' οὐ δέχονται θυστάδας λιτὰς ἔτι
1020 θεοὶ παρ' ἡμῶν οὐδὲ μηρίων φλόγα,
οὐδ' ὄρνις εὐσήμους ἀπορροιβδεῖ βοάς,
ἀνδροφθόρου βεβρῶτες αἵματος λίπος.
ταῦτ' οὖν, τέκνον, φρόνησον. ἀνθρώποισι γὰρ
τοῖς πᾶσι κοινόν ἐστι τοὐξαμαρτάνειν·
1025 ἐπεὶ δ' ἁμάρτῃ, κεῖνος οὐκέτ' ἔστ' ἀνὴρ
ἄβουλος οὐδ' ἄνολβος, ὅστις ἐς κακὸν
πεσὼν ἀκεῖται μηδ' ἀκίνητος πέλει.
αὐθαδία τοι σκαιότητ' ὀφλισκάνει.
ἀλλ' εἶκε τῷ θανόντι, μηδ' ὀλωλότα
1030 κέντει. τίς ἀλκὴ τὸν θανόντ' ἐπικτανεῖν;
εὖ σοι φρονήσας εὖ λέγω· τὸ μανθάνειν δ'
ἥδιστον εὖ λέγοντος, εἰ κέρδος λέγοι.

ΚΡΕΩΝ
ὦ πρέσβυ, πάντες ὥστε τοξόται σκοποῦ

e soube que se laceravam com garras
letais, não sem valor os sons de asas.
1005 Temeroso, tentei as oferendas acesas
em altares ardentes, e dos sacrifícios
Hefesto não brilhou, mas nas cinzas
pútrida gordura das coxas exsudava,
esfumaçava e crepitava e pelos ares
1010 as bílis se espalhavam e umedecidas
coxas jaziam fora do unto envoltório.
Por este menino eu compreendia tais
vaticínios vãos de sacrifícios inválidos,
pois ele é o meu guia e eu, dos outros.
1015 Eis por teu intento perturbada a urbe.
Nossos altares e braseiros estão todos
atulhados por aves e cães com restos
do infausto vencido rebento de Édipo
e os Deuses não mais aceitam nossas
1020 preces sacrificiais e coxas candentes
nem as aves estrepitam claros sinais
saciadas do licor sanguíneo do morto.
Medita, pois, nisto, filho! A todos
os homens o desacerto é comum,
1025 mas, ao errar, o varão não é mais
imprudente e infeliz, se, ao cair
no mal, remedia e não fica imóvel.
A obstinação se expõe ao sinistro.
Cede ao morto! Não firas o finado!
1030 Que proeza há em matar o morto?
Benévolo falo por bem. Aprender
de quem fala por bem é bom se lucra.

CREONTE
Ó ancião, arqueiros ao alvo todos

τοξεύετ᾽ ἀνδρὸς τοῦδε, κοὐδὲ †μαντικῆς
1035 ἄπρακτος ὑμῖν εἰμι· τῶν δ᾽ ὑπαὶ γένους†
ἐξημπόλημαι κἀμπεφόρτισμαι πάλαι.
κερδαίνετ᾽, ἐμπολᾶτε τἀπὸ Σάρδεων
ἤλεκτρον, εἰ βούλεσθε, καὶ τὸν Ἰνδικὸν
χρυσόν· τάφῳ δ᾽ ἐκεῖνον οὐχὶ κρύψετε,
1040 οὐδ᾽ εἰ θέλουσ᾽ οἱ Ζηνὸς αἰετοὶ βορὰν
φέρειν νιν ἁρπάζοντες ἐς Διὸς θρόνους·
οὐδ᾽ ὣς μίασμα τοῦτο μὴ τρέσας ἐγὼ
θάπτειν παρήσω κεῖνον· εὖ γὰρ οἶδ᾽ ὅτι
θεοὺς μιαίνειν οὔτις ἀνθρώπων σθένει.
1045 πίπτουσι δ᾽, ὦ γεραιὲ Τειρεσία, βροτῶν
χοἰ πολλὰ δεινοὶ πτώματ᾽ αἴσχρ᾽, ὅταν λόγους
αἰσχροὺς καλῶς λέγωσι τοῦ κέρδους χάριν.

ΤΕΙΡΕΣΙΑΣ
φεῦ·
ἆρ᾽ οἶδεν ἀνθρώπων τις, ἆρα φράζεται –

ΚΡΕΩΝ
τί χρῆμα; ποῖον τοῦτο πάγκοινον λέγεις;

ΤΕΙΡΕΣΙΑΣ
1050 ὅσῳ κράτιστον κτημάτων εὐβουλία;

ΚΡΕΩΝ
ὅσῳπερ, οἶμαι, μὴ φρονεῖν πλείστη βλάβη.

ΤΕΙΡΕΣΙΑΣ
ταύτης σὺ μέντοι τῆς νόσου πλήρης ἔφυς.

ΚΡΕΩΝ
οὐ βούλομαι τὸν μάντιν ἀντειπεῖν κακῶς.

alvejam este varão nem de vossos
1035 vaticínios ileso, mas por essa gente
sou vendido e comprado faz tempo.
Lucrai, vendei por prata de Sárdis
e por ouro da Índia, se quiserdes,
mas no sepulcro não o escondereis
1040 nem se as águias de Zeus quiserem
tomar e levar pasto ao trono de Zeus,
nem eu por temor dessa poluência
permitirei sepultá-lo, bem sei que
homens não podem poluir os Deuses.
1045 Velho Tirésias, até os muito hábeis
mortais caem quedas vis, ao dizer
bem palavras vis em vista de lucro.

TIRÉSIAS
Pheû!
Algum homem sabe, alguém pensa...

CREONTE
Que há? Que dizes comum a todos?

TIRÉSIAS
1050 Quão melhor dos bens é bom juízo?

CREONTE
Quanto imprudência é o pior dano.

TIRÉSIAS
Tu, porém, estás cheio desse mal.

CREONTE
Não quero ao vate responder mal.

ΤΕΙΡΕΣΙΑΣ
    καὶ μὴν λέγεις, ψευδῆ με θεσπίζειν λέγων.

ΚΡΕΩΝ
1055 τὸ μαντικὸν γὰρ πᾶν φιλάργυρον γένος.

ΤΕΙΡΕΣΙΑΣ
    τὸ δ᾽ αὖ τυράννων αἰσχροκέρδειαν φιλεῖ.

ΚΡΕΩΝ
    ἆρ᾽ οἶσθα ταγοὺς ὄντας οὓς ψέγεις λέγων;

ΤΕΙΡΕΣΙΑΣ
    οἶδ᾽· ἐξ ἐμοῦ γὰρ τήνδ᾽ ἔχεις σώσας πόλιν.

ΚΡΕΩΝ
    σοφὸς σὺ μάντις, ἀλλὰ τἀδικεῖν φιλῶν.

ΤΕΙΡΕΣΙΑΣ
1060 ὄρσεις με τἀκίνητα διὰ φρενῶν φράσαι.

ΚΡΕΩΝ
    κίνει, μόνον δὲ μὴ ᾽πὶ κέρδεσιν λέγων.

ΤΕΙΡΕΣΙΑΣ
    οὕτω γὰρ ἤδη καὶ δοκῶ τὸ σὸν μέρος;

ΚΡΕΩΝ
    ὡς μὴ ᾽μπολήσων ἴσθι τὴν ἐμὴν φρένα.

ΤΕΙΡΕΣΙΑΣ
    ἀλλ᾽ εὖ γέ τοι κάτισθι μὴ πολλοὺς ἔτι
1065 τρόχους ἁμιλλητῆρας ἡλίου τελῶν,
    ἐν οἷσι τῶν σῶν αὐτὸς ἐκ σπλάγχνων ἕνα

TIRÉSIAS
Sim, se dizes que eu vaticino falso.

CREONTE
1055 Todo adivinho é cúpido de prata.

TIRÉSIAS
Todo tirano, cúpido de lucro vil.

CREONTE
Sabes que é chefe quem vituperas?

TIRÉSIAS
Sei, por mim tens salva esta urbe.

CREONTE
És hábil vate, mas queres injustiça.

TIRÉSIAS
1060 Levas-me a dizer o imóvel no imo.

CREONTE
Move! Só não o digas por lucros.

TIRÉSIAS
Parece que trato assim tua parte?

CREONTE
Sabe que não venderás meu tino.

TIRÉSIAS
Bem sabe que tu não completarás
1065 muitos competitivos giros do Sol
até que troques das tuas entranhas

νέκυν νεκρῶν ἀμοιβὸν ἀντιδοὺς ἔσῃ,
ἀνθ' ὧν ἔχεις μὲν τῶν ἄνω βαλὼν κάτω,
ψυχήν γ' ἀτίμως ἐν τάφῳ κατοικίσας,
1070 ἔχεις δὲ τῶν κάτωθεν ἐνθάδ' αὖ θεῶν
ἄμοιρον, ἀκτέριστον, ἀνόσιον νέκυν.
ὧν οὔτε σοὶ μέτεστιν οὔτε τοῖς ἄνω
θεοῖσιν, ἀλλ' ἐκ σοῦ βιάζονται τάδε.
τούτων σε λωβητῆρες ὑστεροφθόροι
1075 λοχῶσιν Ἅιδου καὶ θεῶν Ἐρινύες,
ἐν τοῖσιν αὐτοῖς τοῖσδε ληφθῆναι κακοῖς.
καὶ ταῦτ' ἄθρησον εἰ κατηργυρωμένος
λέγω· φανεῖ γὰρ οὐ μακροῦ χρόνου τριβὴ
ἀνδρῶν γυναικῶν σοῖς δόμοις κωκύματα.
1080 ἔχθρᾳ δὲ πᾶσαι συνταράσσονται πόλεις
ὅσων σπαράγματ' ἢ κύνες καθήγνισαν,
ἢ θῆρες, ἤ τις πτηνὸς οἰωνός, φέρων
ἀνόσιον ὀσμὴν ἑστιοῦχον ἐς πόλιν.
τοιαῦτά σου, λυπεῖς γάρ, ὥστε τοξότης
1085 ἀφῆκα θυμῷ καρδίας τοξεύματα
βέβαια, τῶν σὺ θάλπος οὐχ ὑπεκδραμῇ.
ὦ παῖ, σὺ δ' ἡμᾶς ἄπαγε πρὸς δόμους, ἵνα
τὸν θυμὸν οὗτος ἐς νεωτέρους ἀφῇ,
καὶ γνῷ τρέφειν τὴν γλῶσσαν ἡσυχαιτέραν
1090 τὸν νοῦν τ' ἀμείνω τῶν φρενῶν ὧν νῦν φέρει.

ΧΟΡΟΣ
ἀνήρ, ἄναξ, βέβηκε δεινὰ θεσπίσας.
ἐπιστάμεσθα δ', ἐξ ὅτου λευκὴν ἐγὼ
τήνδ' ἐκ μελαίνης ἀμφιβάλλομαι τρίχα,
μή πώ ποτ' αὐτὸν ψεῦδος ἐς πόλιν λακεῖν.

ΚΡΕΩΝ
1095 ἔγνωκα καὐτὸς καὶ ταράσσομαι φρένας·
τό τ' εἰκαθεῖν γὰρ δεινόν, ἀντιστάντα δὲ
Ἄτης πατάξαι θυμὸν ἐν λινῷ πάρα.

um morto em permuta por mortos
porque lançaste de cima embaixo
sem honra ao pôr o vivo na tumba
1070 e dos Deuses ínferos reténs aqui
sem parte nem ritos ilícito morto.
Isso não te cabe, nem aos Deuses
súperos, mas são violados por ti.
As Erínies de Hades e dos Deuses
1075 destrutivas punitivas te espreitam
para pegar nesses mesmos males.
Observa se subornado por prata
falo; breve se mostrarão em teu
lar prantos de varões e mulheres.
1080 Turvam-se de ódio todas as urbes
quantas cães, feras ou aves aladas
conspurcaram de laivos ao levar
ilícita exalação à urbe domiciliar.
Tais flechas disparo a teu coração
1085 qual arqueiro irritado, pois afliges,
certeiras, cujo ardor não evitarás.
Ó menino, conduz-nos para casa,
que ele solte a ira aos mais jovens,
e saiba ter a língua mais tranquila
1090 e o tino melhor do que agora traz.

CORO
Ó rei, o varão se foi após terríveis
vaticínios. Sabemos, desde negros
em vez de alvos os meus cabelos,
que ele nunca disse mentira à urbe.

CREONTE
1095 Sei também eu e estou aturdido.
Ceder é terrível, mas, resistindo,
levaria o furor à rede de erronia.

ΧΟΡΟΣ

 εὐβουλίας δεῖ, παῖ Μενοικέως, †λαβεῖν†.

ΚΡΕΩΝ

 τί δῆτα χρὴ δρᾶν; φράζε· πείσομαι δ᾽ ἐγώ.

ΧΟΡΟΣ

1100 ἐλθὼν κόρην μὲν ἐκ κατώρυχος στέγης
 ἄνες, κτίσον δὲ τῷ προκειμένῳ τάφον.

ΚΡΕΩΝ

 καὶ ταῦτ᾽ ἐπαινεῖς καὶ δοκεῖς παρεικαθεῖν;

ΧΟΡΟΣ

 ὅσον γ᾽, ἄναξ, τάχιστα· συντέμνουσι γὰρ
 θεῶν ποδώκεις τοὺς κακόφρονας βλάβαι.

ΚΡΕΩΝ

1105 οἴμοι· μόλις μέν, καρδίας δ᾽ ἐξίσταμαι
 τὸ δρᾶν· ἀνάγκῃ δ᾽ οὐχὶ δυσμαχητέον.

ΧΟΡΟΣ

 δρᾶ νυν τάδ᾽ ἐλθὼν μηδ᾽ ἐπ᾽ ἄλλοισιν τρέπε.

ΚΡΕΩΝ

 ὧδ᾽ ὡς ἔχω στείχοιμ᾽ ἄν· ἴτ᾽ ἴτ᾽ ὀπάονες
 οἵ τ᾽ ὄντες οἵ τ᾽ ἀπόντες, ἀξίνας χεροῖν
1110 ὁρμᾶσθ᾽ ἑλόντες εἰς ἐπόψιον τόπον.
 ἐγὼ δ᾽, ἐπειδὴ δόξα τῇδ᾽ ἐπεστράφη,
 αὐτός τ᾽ ἔδησα καὶ παρὼν ἐκλύσομαι.
 δέδοικα γὰρ μὴ τοὺς καθεστῶτας νόμους
 ἄριστον ᾖ σῴζοντα τὸν βίον τελεῖν.

CORO

    Urge ter tino, filho de Meneceu.

CREONTE

    Que fazer? Diz! Eu obedecerei.

CORO

1100 Vai, solta do cavo teto a moça,
    faz funerais do que jaz exposto.

CREONTE

    Aprovas isso, convém que ceda?

CORO

    O mais rápido, ó rei! Dos Deuses
    aviam-se velozes danos aos maus.

CREONTE

1105 *Oímoi!* A custo, mas eu me retrato
    do ato. Coerção não se deve bater!

CORO

    Vai e age tu, não confies em outros.

CREONTE

    Tal como estou iria. Ide, ide, servos,
    presentes e ausentes, com machados
1110 nas mãos marchai ao lugar à vista.
    Eu, porque a opinião nisto mudou,
    eu, que prendi, presente libertarei.
    Temo que seja melhor levar a vida
    observando as normas constituídas.

ΧΟΡΟΣ

{STR. 1} πολυώνυμε, Καδμείας
1116 νύμφας ἄγαλμα
  καὶ Διὸς βαρυβρεμέτα
  γένος, κλυτὰν ὃς ἀμφέπεις
  Ἰταλίαν, μέδεις δὲ
1120 παγκοίνοις Ἐλευσινίας
  Δηοῦς ἐν κόλποις, ὦ Βακχεῦ,
  Βακχᾶν ματρόπολιν Θήβαν
  ναιετῶν παρ' ὑγρὸν
  Ἰσμηνοῦ ῥέεθρον, ἀγρίου τ᾽
1125 ἐπὶ σπορᾷ δράκοντος.

{ANT. 1} σὲ δ᾽ ὑπὲρ διλόφου πέτρας
  στέροψ ὄπωπε
  λιγνύς, ἔνθα Κωρύκιαι
  στίχουσι Νύμφαι Βακχίδες
1130 Κασταλίας τε νᾶμα.
  καί σε Νυσαίων ὀρέων
  κισσήρεις ὄχθαι χλωρά τ᾽ ἀ-
  κτὰ πολυστάφυλος πέμπει
  ἀμβρότων ἐπέων
1135 εὐαζόντων Θηβαΐας
  ἐπισκοποῦντ᾽ ἀγυιάς.

{STR. 2} τὰν ἐκ πασᾶν τιμᾷς
  ὑπερτάταν πόλεων
  ματρὶ σὺν κεραυνίᾳ·
1140 νῦν δ᾽, ὡς βιαίας ἔχεται
  πάνδαμος πόλις ἐπὶ νόσου,
  μολεῖν καθαρσίῳ ποδὶ Παρνασίαν
1145 ὑπὲρ κλειτὺν ἢ στονόεντα πορθμόν.

QUINTO ESTÁSIMO (1115-1154)

CORO

EST. 1   Ó tu, de muitos nomes,
1116   gáudio de noiva cadmeia,
      filho de Zeus tonítruo,
      que cercas a ínclita
      Itália e que reinas
1120   nos vales comuns de todos
      de Deméter eleusínia, ó Baqueu,
      morador de Tebas, metrópole
      das Bacas, junto ao úmido
      fluxo de Ismeno, na seara
1125   de agreste serpente.

ANT. 1   Viu-te no duplo pico
      pétreo a fulmínea flama
      onde correm ninfas
      corícias bacantes
1130   e a fonte Castália.
      Enviam-te hederosas
      orlas dos montes niseus
      e verde borda vitífera,
      com palavras imortais
1135   de evoés, ao visitares
      das vias de Tebas,

EST. 2   que tu honras muito
      acima de todas as urbes
      com tua mãe fulmínea.
1140   Quando em feroz distúrbio
      toda a urbe se sustém,
      vem com pés lustrais pelo clivo
1145   do Parnaso ou por múrmuro mar.

{ΑΝΤ. 2} ἰὼ πῦρ πνεόντων
χοράγ᾽ ἄστρων, νυχίων
φθεγμάτων ἐπίσκοπε,
Ζηνὸς γένεθλον, προφάνηθ᾽,
1150 ὦναξ, σαῖς ἅμα περιπόλοις
Θυίαισιν, αἵ σε μαινόμεναι πάννυχοι
χορεύουσι τὸν ταμίαν Ἴακχον.

ANT. 2   *Iò*, condutor do coro
         de astros ígneos, vigia
         das noturnas vozes,
         ó rei filho de Zeus, mostra-te
 1150   com o teu furente séquito
         de loucas que a noite toda
         dança por ti, o próvido Íaco.

ΑΓΓΕΛΟΣ

1155 Κάδμου πάροικοι καὶ δόμων Ἀμφίονος,
οὐκ ἔσθ᾽ ὁποῖον στάντ᾽ ἂν ἀνθρώπου βίον
οὔτ᾽ αἰνέσαιμ᾽ ἂν οὔτε μεμψαίμην ποτέ.
τύχη γὰρ ὀρθοῖ καὶ τύχη καταρρέπει
τὸν εὐτυχοῦντα τόν τε δυστυχοῦντ᾽ ἀεί·
1160 καὶ μάντις οὐδεὶς τῶν καθεστώτων βροτοῖς.
Κρέων γὰρ ἦν ζηλωτός, ὡς ἐμοί, ποτέ,
σώσας μὲν ἐχθρῶν τήνδε Καδμείαν χθόνα,
λαβών τε χώρας παντελῆ μοναρχίαν
ηὔθυνε, θάλλων εὐγενεῖ τέκνων σπορᾷ·
1165 καὶ νῦν ἀφεῖται πάντα. καὶ γὰρ ἡδοναὶ
ὅταν προδῶσιν ἀνδρός, οὐ τίθημ᾽ ἐγὼ
ζῆν τοῦτον, ἀλλ᾽ ἔμψυχον ἡγοῦμαι νεκρόν.
πλούτει τε γὰρ κατ᾽ οἶκον, εἰ βούλῃ, μέγα,
καὶ ζῆ τύραννον σχῆμ᾽ ἔχων, ἐὰν δ᾽ ἀπῇ
1170 τούτων τὸ χαίρειν, τἄλλ᾽ ἐγὼ καπνοῦ σκιᾶς
οὐκ ἂν πριαίμην ἀνδρὶ πρὸς τὴν ἡδονήν.

ΧΟΡΟΣ

τί δ᾽ αὖ τόδ᾽ ἄχθος βασιλέων ἥκεις φέρων;

ΑΓΓΕΛΟΣ

τεθνᾶσιν· οἱ δὲ ζῶντες αἴτιοι θανεῖν.

ΧΟΡΟΣ

καὶ τίς φονεύει; τίς δ᾽ ὁ κείμενος; λέγε.

ΑΓΓΕΛΟΣ

1175 Αἵμων ὄλωλεν· αὐτόχειρ δ᾽ αἱμάσσεται.

ΧΟΡΟΣ

πότερα πατρῴας, ἢ πρὸς οἰκείας χερός;

SEXTO EPISÓDIO (1155-1256)

PRIMEIRO MENSAGEIRO

1155 Vizinhos do lar de Cadmo e de Anfíon,
não há tal constância na vida humana
que eu louvasse ou reprovasse jamais.
A sorte põe de pé e a sorte põe abaixo
o de boa sorte e o de má sorte sempre.
1160 Mortais não têm vate de circunstâncias.
Creonte era invejado, a meu ver, enfim,
ao salvar dos inimigos a terra cadmeia,
ao assumir o poder absoluto na região,
era rei flóreo com nobre seara de filhos.
1165 Agora tudo se perdeu, pois os prazeres
quando deixam o varão, eu não creio
que ele viva, mas suponho morto-vivo.
Se quiseres, tem muita riqueza em casa
e vive com o brio de rei, mas se se tirar
1170 o prazer disso, não compraria o restante
a preço de sombra de fumo por prazer.

CORO
    Que fardo esse dos reis vens trazendo?

PRIMEIRO MENSAGEIRO
    Estão mortos. Os vivos causam morte.

CORO
    Quem mata? Quem é o jacente? Diz!

PRIMEIRO MENSAGEIRO
1175 É morto Hémon, e pela própria mão.

CORO
    Pela mão paterna, ou pela sua mão?

ΑΓΓΕΛΟΣ
αὐτὸς πρὸς αὑτοῦ, πατρὶ μηνίσας φόνου.

ΧΟΡΟΣ
ὦ μάντι, τοὔπος ὡς ἄρ᾽ ὀρθὸν ἤνυσας.

ΑΓΓΕΛΟΣ
ὡς ὧδ᾽ ἐχόντων τἄλλα βουλεύειν πάρα.

ΧΟΡΟΣ
1180 καὶ μὴν ὁρῶ τάλαιναν Εὐρυδίκην ὁμοῦ
δάμαρτα τὴν Κρέοντος· ἐκ δὲ δωμάτων
ἤτοι κλυοῦσα παιδὸς ἢ τύχῃ περᾷ.

ΕΥΡΥΔΙΚΗ
ὦ πάντες ἀστοί, τῶν λόγων ἐπῃσθόμην
πρὸς ἔξοδον στείχουσα, Παλλάδος θεᾶς
1185 ὅπως ἱκοίμην εὐγμάτων προσήγορος.
καὶ τυγχάνω τε κλῇθρ᾽ ἀνασπαστοῦ πύλης
χαλῶσα, καί με φθόγγος οἰκείου κακοῦ
βάλλει δι᾽ ὤτων· ὑπτία δὲ κλίνομαι
δείσασα πρὸς δμωαῖσι κἀποπλήσσομαι.
1190 ἀλλ᾽ ὅστις ἦν ὁ μῦθος αὖθις εἴπατε·
κακῶν γὰρ οὐκ ἄπειρος οὖσ᾽ ἀκούσομαι.

ΑΓΓΕΛΟΣ
ἐγώ, φίλη δέσποινα, καὶ παρὼν ἐρῶ,
κοὐδὲν παρήσω τῆς ἀληθείας ἔπος.
τί γάρ σε μαλθάσσοιμ᾽ ἂν ὧν ἐς ὕστερον
1195 ψεῦσται φανούμεθ᾽; ὀρθὸν ἀλήθει᾽ ἀεί.
ἐγὼ δὲ σῷ ποδαγὸς ἑσπόμην πόσει
πεδίον ἐπ᾽ ἄκρον, ἔνθ᾽ ἔκειτο νηλεὲς
κυνοσπάρακτον σῶμα Πολυνείκους ἔτι·

PRIMEIRO MENSAGEIRO
    Ele mesmo, irado com pai por morte.

CORO
    Ó vate! Que reta tornaste a palavra!

PRIMEIRO MENSAGEIRO
    Sendo assim, cabe deliberar o mais.

CORO
1180 Eis que vejo mísera Eurídice perto,
    a esposa de Creonte, saiu do palácio
    porque ouviu do filho, ou por sorte.

EURÍDICE
    Ó cidadãos todos, ouvi as palavras
    ao chegar à porta de saída, para ir
1185 suplicar com preces à Deusa Palas.
    Ao soltar a tranca da porta aberta,
    o murmúrio de infortúnio familiar
    feriu meus ouvidos e de pavor caí
    de costas para as servas e esmaeci.
1190 Mas dizei de novo que notícia era.
    Não ouvirei inexperiente de males.

PRIMEIRO MENSAGEIRO
    Cara senhora, presente eu contarei
    e não omitirei a palavra da verdade.
    Por que te abrandaria o que depois
1195 me dirá falso? Reta verdade sempre.
    Eu era guia e segui com teu marido
    até a altura onde jazia sem piedade
    roído de cães o corpo de Polinices.

καὶ τὸν μέν, αἰτήσαντες ἐνοδίαν θεὸν
1200 Πλούτωνά τ' ὀργὰς εὐμενεῖς κατασχεθεῖν,
λούσαντες ἁγνὸν λουτρόν, ἐν νεοσπάσιν
θαλλοῖς ὃ δὴ 'λέλειπτο συγκατῄθομεν,
καὶ τύμβον ὀρθόκρανον οἰκείας χθονὸς
χώσαντες αὖθις πρὸς λιθόστρωτον κόρης
1205 νυμφεῖον Ἅιδου κοῖλον εἰσεβαίνομεν.
φωνῆς δ' ἄπωθεν ὀρθίων κωκυμάτων
κλύει τις ἀκτέριστον ἀμφὶ παστάδα,
καὶ δεσπότῃ Κρέοντι σημαίνει μολών·
τῷ δ' ἀθλίας ἄσημα περιβαίνει βοῆς
1210 ἕρποντι μᾶλλον ἆσσον, οἰμώξας δ' ἔπος
ἵησι δυσθρήνητον, "ὦ τάλας ἐγώ,
ἆρ' εἰμὶ μάντις; ἆρα δυστυχεστάτην
κέλευθον ἕρπω τῶν παρελθουσῶν ὁδῶν;
παιδός με σαίνει φθόγγος. ἀλλά, πρόσπολοι,
1215 ἴτ' ἆσσον ὠκεῖς, καὶ παραστάντες τάφῳ
ἀθρήσατ', ἁρμὸν χώματος λιθοσπαδῆ
δύντες πρὸς αὐτὸ στόμιον, εἰ τὸν Αἵμονος
φθόγγον συνίημ', ἢ θεοῖσι κλέπτομαι."
τάδ' ἐξ ἀθύμου δεσπότου κελεύσμασιν
1220 ἠθροῦμεν· ἐν δὲ λοισθίῳ τυμβεύματι
τὴν μὲν κρεμαστὴν αὐχένος κατείδομεν,
βρόχῳ μιτώδει σινδόνος καθημμένην,
τὸν δ' ἀμφὶ μέσσῃ περιπετῆ προσκείμενον,
εὐνῆς ἀποιμώζοντα τῆς κάτω φθορὰν
1225 καὶ πατρὸς ἔργα καὶ τὸ δύστηνον λέχος.
ὁ δ' ὡς ὁρᾷ σφε, στυγνὸν οἰμώξας ἔσω
χωρεῖ πρὸς αὐτὸ κἀνακωκύσας καλεῖ·
"ὦ τλῆμον, οἷον ἔργον εἴργασαι· τίνα
νοῦν ἔσχες; ἐν τῷ συμφορᾶς διεφθάρης;
1230 ἔξελθε, τέκνον, ἱκέσιός σε λίσσομαι."
τὸν δ' ἀγρίοις ὄσσοισι παπτήνας ὁ παῖς,

Por ele, pedimos à Deusa das vias
1200 e a Plutão benévolos conter a ira,
banhamos puro banho e queimamos
com recém-colhidos ramos os restos,
erguemos tumba reta de terra própria,
e depois para o pétreo leito da moça,
1205 entramos na gruta nupcial de Hades.
Um servo longe ouve altos gemidos
ao redor do aposento sem funerais,
e vem e indica ao soberano Creonte,
que chega mais perto e ignoto triste
1210 clamor o cerca, e aos prantos solta
hórrida palavra: "ó mísero de mim,
sou adivinho? Vou por via da pior
sorte dos caminhos já percorridos?
A voz do filho me saúda. Ó servos,
1215 ide rápido e defronte da sepultura
penetrai no vão das pedras retiradas
até o acesso e vede se ouço a voz
de Hémon ou se Deuses me iludem."
Com as ordens do abatido soberano
1220 víamos isto: no recesso do sepulcro
nós a vimos suspensa pelo pescoço
atada com laço feito de fino tecido,
vimo-lo abraçado à cintura atracado
deplorando o rapto ínfero da noiva,
1225 a façanha paterna e infaustas núpcias.
Ele, ao vê-los, com pranto pungente
entra, vai até eles e lastimoso clama:
"Ó infeliz, que fizeste! Que intento
tiveste? Em que junção te perdeste?
1230 Sai, filho, suplicante eu te imploro!"
O jovem revolteando olhos ferozes,

πτύσας προσώπῳ κοὐδὲν ἀντειπών, ξίφους
ἕλκει διπλοῦς κνώδοντας, ἐκ δ' ὁρμωμένου
πατρὸς φυγαῖσιν ἤμπλακ'· εἶθ' ὁ δύσμορος
1235 αὑτῷ χολωθείς, ὥσπερ εἶχ', ἐπεντάθεις
ἤρεισε πλευραῖς μέσσον ἔγχος, ἐς δ' ὑγρὸν
ἀγκῶν' ἔτ' ἔμφρων παρθένῳ προσπτύσσεται·
καὶ φυσιῶν ὀξεῖαν ἐκβάλλει ῥοὴν
λευκῇ παρειᾷ φοινίου σταλάγματος.
1240 κεῖται δὲ νεκρὸς περὶ νεκρῷ, τὰ νυμφικὰ
τέλη λαχὼν δείλαιος ἔν γ' Ἅιδου δόμοις,
δείξας ἐν ἀνθρώποισι τὴν ἀβουλίαν
ὅσῳ μέγιστον ἀνδρὶ πρόσκειται κακόν.

ΧΟΡΟΣ

τί τοῦτ' ἂν εἰκάσειας; ἡ γυνὴ πάλιν
1245 φρούδη, πρὶν εἰπεῖν ἐσθλὸν ἢ κακὸν λόγον.

ΑΓΓΕΛΟΣ

καὐτὸς τεθάμβηκ'· ἐλπίσιν δὲ βόσκομαι
ἄχη τέκνου κλυοῦσαν ἐς πόλιν γόου
οὐκ ἀξιώσειν, ἀλλ' ὑπὸ στέγης ἔσω
δμωαῖς προθήσειν πένθος οἰκεῖον στένειν.
1250 γνώμης γὰρ οὐκ ἄπειρος, ὥσθ' ἁμαρτάνειν.

ΧΟΡΟΣ

οὐκ οἶδ'· ἐμοὶ δ' οὖν ἥ τ' ἄγαν σιγὴ βαρὺ
δοκεῖ προσεῖναι χἠ μάτην πολλὴ βοή.

ΑΓΓΕΛΟΣ

ἀλλ' εἰσόμεσθα, μή τι καὶ κατάσχετον
κρυφῇ καλύπτει καρδίᾳ θυμουμένῃ,
1255 δόμους παραστείχοντες· εὖ γὰρ οὖν λέγεις.
καὶ τῆς ἄγαν γάρ ἐστί που σιγῆς βάρος.

cuspindo no rosto sem responder,
puxa bigúmea espada, lançando-se
o pai em fuga, errou, e o infausto
1235 irado consigo, como estava, curvo
cravou meia faca no flanco e lúcido
ainda cinge a moça com braço frouxo,
e resfolegante lança um súbito fluxo
de sangrentas gotas nas alvas faces.
1240 Jaz morto com a morta, os nupciais
ritos ele os teve em casa de Hades,
mostrando aos homens quão grande
mal a irreflexão acrescenta ao varão.

CORO
Que achas disto? A mulher se foi
1245 antes de dizer palavra boa ou má.

PRIMEIRO MENSAGEIRO
Também admirei. Espero que ela
ao saber a dor do filho não aprove
pranto público, mas dentro incumba
as servas de prantear o luto em casa.
1250 Não é inexperiente de tino que erre.

CORO
Não sei. Grande silêncio me parece
tão grave quanto muito grito vão.

PRIMEIRO MENSAGEIRO
Mas saberemos se ela oculta algum
sigilo escuso no coração enfurecido,
1255 entremos no palácio, sim, dizes bem,
há no grande silêncio algo de grave.

ΧΟΡΟΣ
 καὶ μὴν ὅδ᾽ ἄναξ αὐτὸς ἐφήκει
 μνῆμ᾽ ἐπίσημον διὰ χειρὸς ἔχων,
 εἰ θέμις εἰπεῖν, οὐκ ἀλλοτρίαν
1260 ἄτην, ἀλλ᾽ αὐτὸς ἁμαρτών.

ΚΡΕΩΝ
{STR. 1} ἰὼ
 φρενῶν δυσφρόνων ἁμαρτήματα
 στερεὰ θανατόεντ᾽,
 ὦ κτανόντας τε καὶ
 θανόντας βλέποντες ἐμφυλίους.
1265 ὤμοι ἐμῶν ἄνολβα βουλευμάτων.
 ἰὼ παῖ, νέος νέῳ ξὺν μόρῳ,
 αἰαῖ αἰαῖ,
 ἔθανες, ἀπελύθης,
 ἐμαῖς οὐδὲ σαῖσι δυσβουλίαις.

ΧΟΡΟΣ
1270 οἴμ᾽ ὡς ἔοικας ὀψὲ τὴν δίκην ἰδεῖν.

ΚΡΕΩΝ
 οἴμοι,
 ἔχω μαθὼν δείλαιος· ἐν δ᾽ ἐμῷ κάρᾳ
 θεὸς τότ᾽ ἄρα τότε με μέγα βάρος ἔχων
 ἔπαισεν, ἐν δ᾽ ἔσεισεν ἀγρίαις ὁδοῖς,
1275 οἴμοι λακπάτητον ἀντρέπων χαράν.
 φεῦ φεῦ, ἰὼ πόνοι βροτῶν δύσπονοι.

ΕΞΑΓΓΕΛΟΣ
 ὦ δέσποθ᾽, ὡς ἔχων τε καὶ κεκτημένος,

KOMMÓS E ÊXODO (1257-1353)

CORO

     Eis que o senhor mesmo chegou,
     traz nos braços insigne lembrança,
     se me é lícito dizê-lo, não alheia
1260 erronia, mas seu próprio desacerto.

CREONTE

EST. 1 *Iò!*
     Desacertos de tino sem tino,
     obstinados, funestos!
     Ó vós, vedes matadores
     e mortos da mesma tribo!
1265 *Ómoi,* meus pobres planos!
     Iò, filho, novo, nova morte,
     aiaî aiaî,
     morreste, partiste,
     por minhas, não tuas, tolices!

CORO

1270 *Oímoi!* Parece veres tarde a justiça!

CREONTE

     Oímoi!
     Mísero aprendi. Com grande peso
     Deus me bateu em minha cabeça
     e abalou-me a caminhos violentos,
1275 *oímoi,* revirou a alegria pisoteada.
     Pheû pheû! Iò, má dor de mortais!

SEGUNDO MENSAGEIRO

     Ó senhor, parece que vieste como

τὰ μὲν πρὸ χειρῶν τάδε φέρεις, τὰ δ' ἐν δόμοις
1280 ἔοικας ἥκειν καὶ τάχ' ὄψεσθαι κακά.

ΚΡΕΩΝ
τί δ' ἔστιν αὖ κάκιον ἐκ κακῶν ἔτι;

ΕΞΑΓΓΕΛΟΣ
γυνὴ τέθνηκεν, τοῦδε παμμήτωρ νεκροῦ,
δύστηνος, ἄρτι νεοτόμοισι πλήγμασιν.

ΚΡΕΩΝ
{ΑΝΤ. 1} ἰώ,
ἰὼ δυσκάθαρτος Ἅιδου λιμήν,
1285 τί μ' ἄρα τί μ' ὀλέκεις;
ὦ κακάγγελτά μοι
προπέμψας ἄχη, τίνα θροεῖς λόγον;
αἰαῖ, ὀλωλότ' ἄνδρ' ἐπεξειργάσω.
τί φής, παῖ, τί δ' αὖ λέγεις μοι νέον,
1290 αἰαῖ αἰαῖ,
σφάγιον ἐπ' ὀλέθρῳ
γυναικεῖον ἀμφικεῖσθαι μόρον;

ΧΟΡΟΣ
ὁρᾶν πάρεστιν· οὐ γὰρ ἐν μυχοῖς ἔτι.

ΚΡΕΩΝ
οἴμοι,
1295 κακὸν τόδ' ἄλλο δεύτερον βλέπω τάλας.
τίς ἄρα, τίς με πότμος ἔτι περιμένει;
ἔχω μὲν ἐν χείρεσσιν ἀρτίως τέκνον,
τάλας, τὸν δ' ἔναντα προσβλέπω νεκρόν.
1300 φεῦ φεῦ μᾶτερ ἀθλία, φεῦ τέκνον.

ΕΞΑΓΓΕΛΟΣ
†ἡ δ' ὀξύθηκτος ἥδε βωμία πέριξ†

quem tem e obtém males: com esses
1280 nos braços, outros já verás em casa.

CREONTE
O que mais ainda é pior nos males?

SEGUNDO MENSAGEIRO
Está morta a mulher, mãe deste morto,
infausta, agora por recém-ferido golpe.

CREONTE
ANT.1 *Ió!*
Ió, inexpugnável porto de Hades.
1285 por quê? Por que me destróis?
Ó núncio de más novas,
proveste dores, que palavra dizes?
Aiaî, executaste um varão morto!
Que dizes, servo? Que nova,
1290 *aiaî aiaî*,
sangrenta morte agora contas
da mulher, além desta morte?

CORO
Vê-se, não está mais lá dentro.

CREONTE
Oímoi,
1295 eu mísero vejo este segundo mal.
Qual, qual sorte ainda me espera?
Tenho agora nos braços o filho,
mísero, e defronte a vejo morta.
1300 *Pheû pheû*, pobre mãe, *pheû*, filho!

SEGUNDO MENSAGEIRO
Ela junto ao altar com faca afiada

. . . .
λύει κελαινὰ βλέφαρα, κωκύσασα μὲν
τοῦ πρὶν θανόντος Μεγαρέως κλεινὸν λέχος,
αὖθις δὲ τοῦδε, λοίσθιον δὲ σοὶ κακὰς
1305 πράξεις ἐφυμνήσασα τῷ παιδοκτόνῳ.

ΚΡΕΩΝ

{STR. 2} αἰαῖ αἰαῖ,
ἀνέπταν φόβῳ. τί μ' οὐκ ἀνταίαν
ἔπαισέν τις ἀμφιθήκτῳ ξίφει;
1310 δείλαιος ἐγώ, αἰαῖ,
δειλαίᾳ δὲ συγκέκραμαι δύᾳ.

ΕΞΑΓΓΕΛΟΣ

ὡς αἰτίαν γε τῶνδε κἀκείνων ἔχων
πρὸς τῆς θανούσης τῆσδ' ἐπεσκήπτου μόρων.

ΚΡΕΩΝ

ποίῳ δὲ κἀπελύετ' ἐν φοναῖς τρόπῳ;

ΕΞΑΓΓΕΛΟΣ

1315 παίσασ' ὑφ' ἧπαρ αὐτόχειρ αὑτήν, ὅπως
παιδὸς τόδ' ᾔσθετ' ὀξυκώκυτον πάθος.

ΚΡΕΩΝ

ὤμοι μοι, τάδ' οὐκ ἐπ' ἄλλον βροτῶν
ἐμᾶς ἁρμόσει ποτ' ἐξ αἰτίας.
ἐγὼ γάρ σ', ἐγώ σ' ἔκανον, ὦ μέλεος,
1320 ἐγώ, φάμ' ἔτυμον. ἰὼ πρόσπολοι,
ἄγετέ μ' ὅτι τάχιστ', ἄγετέ μ' ἐκποδών,
1325 τὸν οὐκ ὄντα μᾶλλον ἢ μηδένα.

ΧΟΡΟΣ

κέρδη παραινεῖς, εἴ τι κέρδος ἐν κακοῖς·
βράχιστα γὰρ κράτιστα τἀν ποσὶν κακά.

. . . .
dá-se ver trevas, chorando vazio
leito do outrora morto Megareu,
e ainda o desse aí, e por fim a ti
1305 filicida te deplorando más ações.

CREONTE
EST. 2 *Aiaî aiaî*,
tremo de pavor. Por que não me
transpassaram com faca afiada?
1310 Mísero de mim, *aiaî*,
diluído em mísero dó!

SEGUNDO MENSAGEIRO
Causa da morte deste e daquele
foste denunciado por esta morta.

CREONTE
E como ela morreu na matança?

SEGUNDO MENSAGEIRO
1315 Ferida no fígado da própria mão
ao saber da pungente dor do filho.

CREONTE
Ómoi moi, isto não passará jamais
de minha culpa para outro mortal.
Eu, mísero, te matei, eu te matei,
1320 eu, reconheço de fato. *Iò*, servos,
levai-me o mais rápido, levai-me
1325 longe, não sou mais que ninguém!

CORO
Dizes lucros se lucro há nos males.
Rápido é melhor se perto os males.

ΚΡΕΩΝ
{ΑΝΤ. 2} ἴτω ἴτω,
         φανήτω μόρων ὁ κάλλιστ' ἔχων
1330   ἐμοὶ τερμίαν ἄγων ἀμέραν
         ὕπατος· ἴτω ἴτω,
         ὅπως μηκέτ' ἆμαρ ἄλλ' εἰσίδω.

ΧΟΡΟΣ
         μέλλοντα ταῦτα. τῶν προκειμένων τι χρὴ
1335   πράσσειν. μέλει γὰρ τῶνδ' ὅτοισι χρὴ μέλειν.

ΚΡΕΩΝ
         ἀλλ' ὧν ἐρῶ μέν, ταῦτα συγκατηυξάμην.

ΧΟΡΟΣ
         μή νυν προσεύχου μηδέν· ὡς πεπρωμένης
         οὐκ ἔστι θνητοῖς συμφορᾶς ἀπαλλαγή.

ΚΡΕΩΝ
         ἄγοιτ' ἂν μάταιον ἄνδρ' ἐκποδών,
1340   ὅς, ὦ παῖ, σέ τ' οὐχ ἑκὼν κατέκανον
         σέ τ' αὖ τάνδ', ὤμοι μέλεος, οὐδ' ἔχω
         πρὸς πότερον ἴδω, πᾷ κλιθῶ· πάντα γὰρ
1345   λέχρια τἀν χεροῖν, τὰ δ' ἐπὶ κρατί μοι
         πότμος δυσκόμιστος εἰσήλατο.

ΧΟΡΟΣ
         πολλῷ τὸ φρονεῖν εὐδαιμονίας
         πρῶτον ὑπάρχει· χρὴ δὲ τά γ' ἐς θεοὺς
1350   μηδὲν ἀσεπτεῖν· μεγάλοι δὲ λόγοι
         μεγάλας πληγὰς τῶν ὑπεραύχων
         ἀποτείσαντες
         γήρᾳ τὸ φρονεῖν ἐδίδαξαν.

CREONTE

ANT. 2 Venha! Venha!
Mostre-se a mais bela morte,
1330 ao me trazer o último dia
supremo! Venha! Venha
para eu não mais ver outro dia!

CORO

Isso é porvir. Dos daqui se deve
1335 cuidar, cabe a quem deve caber.

CREONTE

Mas o que desejo, pedi em prece.

CORO

Não peças nada. Mortais não têm
como escapar da junção da sorte.

CREONTE

Levaríeis longe o varão funesto
1340 que te matou sem querer, ó filho,
e a ti também, *ómoi*, que mísero!
Não sei a quem ver nem aonde ir,
1345 tudo me foge às mãos, insuportável
sobre minha cabeça a sorte saltou.

CORO

Para se ter bom Nume, a prudência
é o princípio. Não se devem nunca
1350 desonrar os Deuses. Falas soberbas
dos soberbos, com golpes soberbos
punidas
ministraram prudência na velhice.

Glossário Mitológico de *Antígona*: Antropônimos, Teônimos e Topônimos

Beatriz de Paoli
Jaa Torrano

A

AFRODITE. Deusa da beleza, da sedução amorosa e do amor. *Ant.* 800.

ANFÍON. Filho de Zeus e antigo rei de Tebas, era músico e, com seu irmão Zeto, que era mais guerreiro, ergueu as muralhas de Tebas ao som da lira. *Ant.* 1155.

ANTÍGONA (*Antigóne*, "em vez de geração"). Filha de Édipo e Jocasta, irmã de Ismena, Etéocles e Polinices. *Ant.* 11, 378, 629, 804.

AQUERONTE. Rio dos ínferos, através do qual as almas dos mortos eram conduzidas pelo barqueiro Caronte. *Ant.* 812, 816.

ARES. Deus, filho de Zeus e Hera, belicoso, que se manifesta na carnificina. *Ant.* 125, 139, 952, 970.

B

BACA(s). Mulher celebrante do culto de Baco; possessa do Deus Baco; possessa, em geral. *Ant.* 1123.

BACO. O mesmo que Dioniso: Deus do vinho, patrono do teatro, concede poder divinatório, inspira a seus devotos loucura beatífica e, a seus perseguidores, destrutiva; homem celebrante do culto de Baco; possesso do Deus Baco.

BAQUEU. O mesmo que Baco. *Ant.* 1121.

BÁQUIO. O mesmo que Baco. *Ant.* 153.

BORÉADA. Descendente de Bóreas, Deus Vento do Norte. *Ant.* 985.

BÓSFORO. Estreito entre o mar Negro e o mar de Mármara; por extensão, o nome às vezes é usado com referência ao Helesponto, que é o estreito entre o mar de Mármara e o mar Egeu. *Ant.* 967.

C

CADMEU, CADMEIA. Descendente de Cadmo; designação dos tebanos. *Ant.* 1162.

CADMO. Fundador e primeiro rei de Tebas. Cadmo, em busca de sua irmã Europa, recebeu um oráculo em Delfos, que nada lhe dizia da irmã, mas que partisse, seguisse uma vaca e fundasse uma cidade onde ela caísse por si mesma, o que aconteceu na Beócia, na região de Tebas. Cadmo matou uma serpente que ali habitava e, aconselhado pela Deusa Atena, semeou os dentes; da terra surgiram homens inteiramente armados que começaram a lutar entre si; dos sobreviventes descendem as mais nobres famílias tebanas. *Ant.* 1155.

CASTÁLIA. Fonte próxima ao templo de Apolo em Delfos. *Ant.* 1130.

CORÍCIO. Os cimos do Parnaso; relativo a eles. *Ant.* 1129.

CREONTE. Rei de Tebas, irmão de Jocasta, cunhado de Édipo (o nome significa "rei"). *Ant.* 21, 31, 47, 155, 229, 385, 549, 914, 1161, 1181, 1208.

D

DÂNAE. Filha de Acrísio, rei de Argos, foi encarcerada numa torre por seu pai quando este soube de oráculo que seria morto por um filho dela, mas Zeus a fecundou na prisão com uma chuva de ouro, e assim ela deu à luz Perseu. Acrísio, então, pôs mãe e filho presos num cesto à deriva no mar; sendo eles resgatados e salvos, Perseu depois cumpriu o oráculo anunciado ao avô ao matá-lo acidentalmente. *Ant.* 944.

DEMÉTER. Deusa do trigo, dos cereais e da agricultura, irmã e esposa de Zeus, mãe de Perséfone. *Ant.* 1121.

DIONISO. O mesmo que Baco: Deus do vinho, patrono do teatro, concede poder divinatório, inspira a seus devotos loucura beatífica e, a seus perseguidores, destrutiva. *Ant.* 957.

DIRCE. Rio a oeste de Tebas. *Ant.* 105, 844.

DRIAS. Pai do rei da Trácia Licurgo, que os Deuses cegaram por ter expulsado o Deus Dioniso infante e suas nutrizes (*Il.* VI, 130-43) ou, noutras versões, Dioniso já adulto ao ser expulso o pune de outras formas, entre as quais a loucura em que mata o filho Drias (homônimo do avô) e a esposa, o encarceramento numa caverna no monte Pangeu, ou a esterilidade do solo que só voltaria a ser fecundo com o seu esquartejamento por seus cavalos. *Ant.* 956.

E

ÉDIPO. Filho do rei de Tebas, Laio, e de Jocasta. Laio recebera um oráculo de Apolo proibindo-o de ter filhos, mas desobedeceu. Para evitar o mal, Laio expôs a criança, que foi salva por um pastor e entregue a Pólibo, rei de Corinto, e sua esposa, que não conseguiam ter filhos. Já adulto e desconfiado de sua ascendência, Édipo vai até o oráculo de Apolo em Delfos e recebe do Deus o prenúncio de que irá matar seu pai e desposar sua mãe; sendo assim, decide não retornar a Corinto. Numa encruzilhada próxima a Delfos, encontra um estrangeiro acompanhado de alguns servos e, numa discussão, acaba por matá-lo, sem saber que se tratava de Laio, seu verdadeiro pai. Ao chegar a Tebas, Édipo desvenda o enigma da Esfinge e, como prêmio, recebe o trono de Tebas e a rainha viúva, Jocasta, sua verdadeira mãe. Com ela, tem quatro filhos: Etéocles, Polinices, Antígona e Ismena. Ao descobrir a verdade sobre sua origem, Édipo fura seus próprios olhos. *Ant.* 2, 167, 193, 380, 600, 1018.

EDONOS. Povo trácio, famoso pela habilidade têxtil. *Ant.* 955.

ERECTIDAS. Descendentes de Erecteu e, por extensão, os atenienses. *Ant.* 982.

ERÍNIS, pl. ERÍNIES. Deusas, filhas da Noite, ou nascidas do sangue de Céu (Urano) caído sobre a Terra, ao ser castrado por Crono, punidoras de transgressões. *Ant.* 603, 1074.

EROS. Um dos Deuses primordiais; acompanha a Deusa Afrodite. *Ant.* 781, 782.

ERRONIA (*Áte*). Cegueira do espírito e suas consequências desastrosas. *Ant.* 4, 186, 314, 533, 583, 614, 624, 625, 863, 1097, 1260.

ETÉOCLES. Filho de Édipo e Jocasta, irmão inimigo de Polinices; o nome *Eteoklês* significa "glória verdadeira". *Ant.* 23, 194.

EURÍDICE (*Eurydíke*, "justiça extensiva"). Esposa de Creonte, mãe de Hémon. *Ant.* 1180.

F

Fineu. Rei cego da Trácia atormentado pelas Harpias; indicou aos Argonautas, em troca de que eles o libertassem das Harpias, como atravessar as Simplégades. *Ant.* 972.

H

Hades. Deus dos ínferos e dos mortos, irmão de Zeus. *Ant.* 308, 361, 519, 542, 575, 581, 654, 777, 780, 810, 822, 911, 1074, 1205, 1241, 1284.

Hefesto. Deus do fogo e da metalurgia, filho de Zeus e Hera; fogo, visto como manifestação do Deus. *Ant.* 122, 1007.

Hémon (*Haímon:* "sangrento"). Filho do tebano Creonte, noivo de Antígona. *Ant.* 572, 626, 1175, 1218.

I

Íaco. Nome místico de Dioniso, nos mistérios de Elêusis; hino em louvor a Íaco. *Ant.* 1154.

Índia. Região da Ásia. *Ant.* 1038.

Ismena. Filha de Édipo e Jocasta, irmã de Antígona. *Ant.* 1, 526.

Ismeno. Rio a leste de Tebas. *Ant.* 1124.

Itália. Região europeia famosa pela vinicultura e pelo culto dionisíaco. *Ant.* 1119.

J

Justiça (*Díke*). Deusa filha de Zeus e Têmis, uma das três Horas ("Estações do ano"). *Ant.* 451, 538, 855, 1270.

L

Labdácidas. Descendentes de Lábdaco, filho de Polidoro, neto de Cadmo, pai de Laio e avô de Édipo. *Ant.* 593, 862.

Laio. Filho de Lábdaco, neto de Polidoro, bisneto de Cadmo, marido de Jocasta e pai de Édipo. *Ant.* 166.

M

Megareu. Filho de Creonte e Eurídice, identificável com Meneceu em *As Fenícias* de Eurípides. *Ant.* 1303.
Meneceu. Pai de Creonte e de Jocasta. *Ant.* 155, 211, 1098.
Musas. Deusa(s) do canto e da dança, filha(s) de Zeus e Memória; por extensão, melodia, canto. *Ant.* 965.

N

Niseu. Relativo ao monte Nisa na Eubeia. *Ant.* 1132.

O

Olimpo. Montanha entre Tessália e Macedônia, morada dos Deuses. *Ant.* 610, 758.

P

Palas. Epíteto de Atena. *Ant.* 1185.
Parnaso. Montanha próxima a Delfos. *Ant.* 1145.
Parte(s) (*Moîra, Moîrai*). Três Deusas, filhas de Zeus e Têmis, dão aos homens a participação em bens e em males; Hesíodo as denominou: "Fiandeira" (*Klothó*), "Distributriz" (*Lákhesis*) e "Inflexível" (Átropos). *Ant.* 951 (*moiridía*), *Ant.* 986 (*Moîrai*).
Perséfone. Deusa dos ínferos e dos mortos, esposa de Hades, filha de Zeus e Deméter. *Ant.* 893.
Plutão. Epíteto de Hades. *Ant.* 1200.
Polinices. Filho de Édipo e Jocasta, irmão inimigo de Etéocles; o nome *Polyneíkes* significa "litigioso". *Ant.* 26, 111, 198, 902, 1198.

S

SALMIDESSO. Cidade da costa sudeste da Trácia no Ponto Euxino (Mar Negro). *Ant.* 970.
SÁRDIS. Capital da Lídia. *Ant.* 1037.
SÍPILO. Monte da Lídia, na Ásia Menor. *Ant.* 826.
SOL (*Hélios*). Deus filho do Titã Hipérion e da Titânide Teia. *Ant.* 100, 416, 809, 1065.
SONO (*Hýpnos*). Deus filho da Noite. *Ant.* 606.

T

TÂNTALO. Filho de Zeus, rei da Frígia (ou da Lídia), imolou seu filho Pélops, cujas carnes preparou e ofereceu em banquete aos Deuses, que restituíram a vida a Pélops e impuseram punição a Tântalo no Hades. *Ant.* 825.
TEBAS. Cidade principal da Beócia. *Ant.* 102, 149, 154, 733, 845, 940, 988, 1122, 1136.
TERRA (*Gaîa*). Deusa mãe de todos os Deuses. *Ant.* 339.
TIRÉSIAS. Célebre adivinho tebano. *Ant.* 991, 1045.

V

VITÓRIA (*Níke*). Deusa filha da Oceânide Estige, com seus irmãos Poder, Violência e Zelo segue junto a Zeus; às vezes identificada com Atena, tem um templo na acrópole de Atenas. *Ant.* 148.

Z

ZEUS. Deus supremo, filho de Crono e Reia, manifesto no poder que organiza o mundo físico e a sociedade humana. *Ant.* 3, 127, 143, 184, 304, 450, 487, 604, 658, 950, 1040, 1041, 1117, 1149.

Referências Bibliográficas

BAILLY, A. *Dictionnaire Grec Français*. Paris, Hachette, 2000.

BERNAND, André. *La Carte du Tragique. La Géographie dans la Tragédie Grecque*. Paris, CNRS, 1985.

CHANTRAINE, Pierre. *Dictionnaire Étymologique de la Langue Grecque. Histoire des Mots*. Paris, Klincksieck, 1999.

GRIMAL, Pierre. *Dicionário da Mitologia Grega e Romana*. Trad. Victor Jabouille. 5ª ed. Rio de Janeiro, Bertrand Brasil, 2005.

HESÍODO. *Teogonia. A Origem dos Deuses*. Estudo e Tradução Jaa Torrano. 6ª ed. São Paulo, Iluminuras, 2006.

SOPHOCLES. *Antigone*. Ed. Mark Griffith. Cambridge, Cambridge University Press, 1999.

SOPHOCLES. *Sophoclis Fabulae*. Ed. H. Lloyd-Jones and N. G. Wilson. Oxford, Oxford University Press, 1992 [1990].

VÁRIOS AUTORES. *Dicionário Grego-Português*. Cotia, SP, Ateliê Editorial, 2022.

Título	*Antígona – Tragédias Completas*
Autor	Sófocles
Tradução	Jaa Torrano
Estudos	Beatriz de Paoli
	Jaa Torrano
Editor	Plinio Martins Filho
Produção Editorial	Millena Machado
Revisão	Beatriz de Paoli
	José de Paula Ramos Jr.
Editoração Eletrônica	Victória Cortez
Capa	Ateliê Editorial
Formato	16 x 23 cm
Tipologia	Minion Pro
Papel	Chambril Avena 80 g/m² (miolo)
	Offset 180 g/m² (capa)
Número de Páginas	184
Impressão e Acabamento	Lis Gráfica